LE BAL
DE LA RUE DE LAPPE

DU MÊME AUTEUR

Quand le poème devient prière (Entretiens avec le poète Jean-Claude Renard), Nouvelle Cité, 1987.
Péguy (biographie), François Bourin, 1993.
Le Bougnat, Éditions du Rocher, 2000.
Les Auvergnats de Paris, Éditions du Rocher, 2001.

MARC TARDIEU

LE BAL
DE LA RUE DE LAPPE

ÉDITIONS DU
ROCHER
Jean-Paul Bertrand

ISBN 2-268-04298-7

Avec tous mes remerciements
à Claude Dubois,
précieux historien du
quartier de la Bastille

PREMIÈRE PARTIE

I

Milou n'a jamais appris cette danse. Il connaît le pas sauté de la polka, le glissé de la valse. Les rondes enfantines. La marche militaire, en cadence, droit devant. Les lents zigzags dans les foules bavardes des jours de foire. La délicate progression au bord du vide, sur les sentiers de montagne. Mais il faudrait atteindre ici le sommet de l'art, osciller de droite et de gauche, reculer devant la mère et son landau, le fort plié sous son fardeau, le cheval au trot, le commissionnaire qui charge la foule...

Milou a trente-quatre ans. Plus de trois décennies déjà qu'il a fait ses premiers pas, en direction du feu, fasciné par la danse des flammes dans l'âtre. Une sorte de jeu, malgré les grondements, masques furieux, jets de paroles incompréhensibles qui tombaient sur sa tête. Toujours il allait vers la lumière, la chaleur, mais les autres l'arrêtaient : mille remparts devant, la vieille chaise empaillée ou, pire, alors qu'en sueur il touchait au but, on le portait à l'autre bout de la pièce pour un nouveau départ.

Tout recommencer encore, dans cette foule, une valise à la main. Course rapide, des porteurs de colis fendent la multitude, d'autres semblent se précipiter au chevet d'un parent malade, et ce sont ces inquiets, ces gagne-petit qui l'emportent sur les escargots à bagages, impriment leur rythme à l'ensemble.

Milou n'est pas si pressé, « Vit-trier ! », son image se colle sur la paroi de verre accrochée au dos de l'artisan : la carrure solide cache la moitié de la foule, un visage aux traits forts, épais, barré dans le sens de la largeur par une moustache et, en hauteur, par un nez ferme et rectiligne, tout cela surmonté de cheveux sombres, très courts. Les yeux noirs expriment l'exaspération d'être là, prisonnier de cette masse humaine.

Un homme étroit, tout en costume, vient prendre place dans le miroir, sourire aux lèvres qu'il s'adresse à lui-même, un fonctionnaire, sans doute, teint rose et mains blanches, qui dépasse le vitrier, et le portrait de Milou reprend ses droits.

Des hommes-sandwichs promènent leurs pancartes, à la gloire de La Belle Jardinière. Un camelot a posé ses assiettes ébréchées sur un bout de trottoir pour saisir dans son filet de grands morceaux de foule. Attendre ? Se risquer sur le boulevard parmi les voitures et les chevaux au galop ? Une envie de bousculer ces gens qui cachent les arbres, la montagne et l'enfance…

On s'attroupe autour d'un marchand de journaux, « Toute la vérité sur l'assassinat du président Doumer ! » Au-dessus, perchée sur un immeuble, une immense affiche : « Les gouvernements tombent, Ripolin reste. Ripolin, la peinture qui fait fureur. » Et là, au bord de la chaussée, ce vieillard qui ramasse du crottin de cheval en se glissant entre deux vagues humaines.

« Cela fera de l'engrais pour mon jardin près de Paris », explique-t-il à un curieux.

Milou écoute, s'arrête, un pied heurte sa valise et puis un corps entier, comme mû par le désir de la faire tomber : un ouvrier, la casquette de travers, la bouche empuantie par les jurons et l'odeur du tabac.

« Ces saletés d'Auverpins, ils débarquent gare de Lyon ou gare d'Austerlitz et tous les jours, comme ça, ils viennent nous planter leur valise dans les pattes ! »

Au temps de l'école, pour une bille, un caillou, pour bien moins que ça, Milou aurait fermé les poings. Mais le gars est protégé, submergé, englouti par la foule, et même embaumé par un violent parfum de femme. D'autres s'empêtrent à leur tour sur la valise, râlent avant de reprendre leur route. Un agent de police fait signe de traverser sur d'énormes clous ronds fraîchement plantés dans la chaussée. On l'a annoncé dans les journaux, il est désormais obligatoire de traverser sur ces clous, sinon contravention, et tout le monde s'exécute de mauvaise grâce.

« La Bastille, c'est bien par là ? » demande Milou à l'agent.

Protestations derrière, l'homme en uniforme fait deux ou trois signes immenses, des gestes autoritaires qui disent droite, gauche et encore droite, ou « Fichez-moi la paix, vous voyez bien que je travaille », et alors, une main se risque sur l'épaule de Milou :

« Vous allez à la Bastille ? Moi aussi. Vous n'avez qu'à me suivre. »

Accent à demi chantant, moustache, tête charbonneuse, autant de signes de reconnaissance. Milou adresse à son guide quelques mots en patois, banalités sur le ciel gris et bleu, qui change avec le vent. L'autre répond dans son propre dialecte qui présente quelques divergences : à Paris, ils sont de la même origine. Au Pays, c'eût été un étranger d'une autre commune, un ambitieux peut-être, fuyant les pâturages séculaires, ou un rôdeur, marchand de toile, de cuivre, un rémouleur…

« Vous venez d'où ? demande l'inconnu.

– De Saint-Flour.

– Moi, je suis de Salers.

– Comme les vaches. »

Des bêtes somptueuses au cuir rougeâtre, aux cornes fières, semblent défiler un instant dans les rues de Paris.

« Tenez, vous voyez là-bas, la grande colonne, c'est la Bastille. »

Milou le sait – l'instituteur le lui a appris, d'autres l'ont confirmé – là commence le fief auvergnat. Une pancarte « rue de la Roquette », vaste tohu-bohu de charrettes à bras, de bougnats coiffés du capuchon en toile conique, le sac sur l'épaule, de patrons de café émergeant de boutiques avec tout leur équipement, des chaises Thonon au percolateur, qu'ils chargent sur des camions. Des cardeuses de matelas. Des marchandes de quatre-saisons. On s'apostrophe, on s'ensaucissonne sur des trottoirs encore rétrécis, on déborde sur la chaussée. Tout avance ainsi lentement, au rythme du Pays, hommes, chevaux, et voitures klaxonnantes.

Ces visages inconnus portent chacun un bout de paysage. Les rassembler, comme dans un puzzle, et voilà la Montagne reconstituée : ses sommets en demi-lune, Plomb du Cantal et Puy Mary, ses vallées, la Jordanne et la Loire, les gorges de la Truyère, l'Allier et le Lot, les troupeaux de l'Aubrac, les forêts de Margeride...

Le regard se fixe sur les lumières de la Rotonde, curieux café qui fait obstacle à la chaussée, l'oblige à obliquer, et de là, toute une masse de gens s'engouffre sur la droite, s'évapore dans une rue invisible pour les deux marcheurs.

« Là-bas, c'est la rue de Lappe », fait le guide averti.

Les yeux de Milou s'ouvrent davantage. *Dans la rue de Lappe/Quand le soir s'enfuit/Des couples s'avancent/Tout en chaloupant/Ils vont dans la nuit/Sifflant une danse...* Les Auvergnats les plus ignorants connaissent au moins deux noms à Paris, l'avenue des Champs-Élysées, emblème des grands hommes, et la rue de Lappe, les bals populaires, l'accent du Pays.

Milou fait claquer ses chaussures cloutées au son d'une lointaine bourrée. La danse s'arrête devant un grand immeuble blanc : Pension de famille Malroux, eau et gaz à tous les étages.

II

« À la soupe, Milou ! »

Le voyageur se redresse, affolé, sur le lit dur et grinçant où il s'est assoupi. De sa valise de toile ouverte, encore pleine, émerge une cravate. Pull beige, gilets de flanelle, paire de bretelles, pantalon noir se mêlent dans un désordre célibataire, reflété par la petite armoire à glace, face au lit.

Milou ! Une jolie voix féminine a lancé son prénom, sûrement la jeune serveuse qui lui a remis les clés à la réception de l'hôtel.

« Ah ! c'est vous, Émile Delmas, Milou, lui a-t-elle dit, votre cousine m'a beaucoup parlé de vous.

– Renée ?

– Oui, Renée. C'est elle qui vous a conseillé de loger chez nous, n'est-ce pas ?

– Il paraît qu'elle a travaillé trois mois ici. Elle m'a dit que c'était très bien. Tenu par des gens du pays.

– Les patrons sont d'Aurillac. Et moi, de Murat. On est entre Cantalous, quoi ! »

D'Aurillac ? Aurillac et Saint-Flour, c'est la guerre des petits fiefs, la guéguerre des voisins, depuis la nuit des temps, une lutte où les fils reprennent le flambeau des pères. Aurillac, capitale de la Haute-

Auvergne, ville natale du pape Gerbert, et Saint-Flour, coiffé de sa cathédrale, qui baisse les yeux sur le Sud du Cantal et au-delà, sur les départements voisins.

Milou se lisse les cheveux du plat de la main, réajuste les bretelles. De nouveau le voyageur, dans la glace d'une armoire. Les poils ombrent le menton, les joues. Au Pays, il ne se rasait qu'une fois par semaine, dans un grand cérémonial. L'énorme lame de rasoir, savamment affûtée, semblait prête à arracher le visage, et il fallait une immense adresse pour retirer la mousse blanche sans la teindre de rouge.

La porte jaune grince atrocement lorsqu'il en tourne la poignée, puis c'est au tour du parquet de crier sous ses pas. Hurlements et plaintes, cette bâtisse semble un vieillard qui souffre dans ses articulations. Marche après marche, l'escalier de la pension de famille pleure d'avoir trop servi. Tant de destins semblables à celui-là ! Des pas durs et frileux d'émigrés malgré eux ont fini par l'user.

Il faut quitter le domaine du bois et toucher au carrelage froid pour que les lieux redevenus silencieux laissent entendre derrière une porte entrouverte des rires gras, mêlés au cliquetis des fourchettes et des couteaux. La tête pèse un peu, le ventre est une tenaille, pire encore qu'au moment où il fallait s'élancer d'une tranchée, se ruer à l'assaut des Boches. Ou plutôt, à ce moment-là, la peur épargnait curieusement Milou, après l'avoir saisi des heures durant au milieu de la boue.

L'escalier geint de nouveau derrière lui sous le poids d'un pas vif. Il se décide, mille regards, mille questions, et ne sachant vers qui se tourner, clignant des yeux devant tant d'attention, rougissant peut-être, il lance un « bonsoir » incertain, non pas d'une voix forte et claire, à la cantonade, mais presque chuchoté.

« Allons donc, le nouveau serait-il timide ? s'exclame la patronne, une femme lourde et sans fard qui a gardé des airs de paysanne. Ta cousine, pourtant, n'avait pas la langue dans sa poche ! »

Quelques rires, une plaisanterie parmi les hommes assis. Milou sourit.

« Bien, la soupe est trempée », fait la patronne, une bonne soupe aux choux familiale qui fume vers les poutres où pendent quelques saucissons et deux ou trois jambons. Un homme laisse retomber la louche dans son assiette creuse. Milou va et vient entre les chaises vides, séduit par la fumée rassurante qui s'élève de la soupière.

« Allez ! tends ton assiette », lui lance son voisin de droite.

Des chlhhs bruyants, le tic-tac de la grande horloge qui livre aussi bien l'heure de là-bas, celle des frères et des parents, de la traite des vaches. Autour de la table, les bouches ouvertes révèlent des dentitions mutilées, noircies par la chique, empuanties par le vin. Le voisin de Milou déplie soigneusement un grand mouchoir à carreaux, le geste lent, comme pour retarder l'échéance, et puis, une véritable quinte, il crache là-dedans, crachat noir et visage rouge.

« Hé, *que faï*, quand on turbine dans le charbon, comme ils disent ici, on avale la poussière à pleins poumons, alors il faut bien la recracher à un moment ou à un autre… Même toi, mon petit Jeannot, tu vas voir, ça finira par t'arriver aussi. »

Au bout de la table, le dénommé Jean sursaute. Comme beaucoup, il a le gilet de flanelle gris, le béret et le visage charbonneux du bougnat. Mais sa silhouette rachitique attire les moqueries. Une main dure s'aplatit sur son dos. Il esquisse une vague protestation, puis ses yeux s'affolent et fuient. Un vrai sauvageon, vingt ans peut-être, ou vingt-cinq, l'air de descendre droit de son buron, solitaire, un grand bâton à la main.

« Hé, mon gars, qu'es-tu venu faire à Paris ? » lance alors le voisin de Milou, et ce dernier répond « Ferrailleur », sans pouvoir détacher son regard du jeune bougnat.

« Ferrailleur, c'est bien, ça ! un beau métier.

– Je sais pas. C'est la première fois.

– Au début, ton patron, il va te filer le sale boulot. C'est toujours ainsi. Nettoyer la rouille, aller chercher des débris chez les gens, au fond de caves à rats, ou sous les toits, au sixième étage. Mais peut-être, un jour, tu pourras t'installer à ton compte.

– C'est possible. »

L'autre acquiesce en connaisseur : un gars de la montagne. La parole courte et sèche, toute une économie de mots pesés et lâchés parcimonieusement, un à un. La langue se libère plus facilement devant les chiens et les vaches, les cochons et les poules. Mais face à ses congénères il faut, comme on dit, la tourner sept fois dans sa bouche. Le silence est l'art du travailleur.

III

« Tiens, Riton ! mais qui c'est donc que tu nous amènes là ?

– Je vous présente Yann, patron, il arrive tout juste du Pays.

– Du Pays ? Quel Pays ?

– Du mien, pardi ! Enfin, pas tout à fait. Moi, je viens du Finistère et lui, du Morbihan. Il avait envie d'aller au bal. Alors, je lui ai dit : Je vais t'emmener au *Bousca*, rue de Lappe, y a pas mieux pour s'amuser à Paris. »

Le dénommé Yann, chapeau de feutre et pull marin, détaille les lieux : l'immense comptoir à droite, avec un alignement de bouteilles gigantesque, comme un défi à tous les bistrots de Vannes ou de Lorient ; au fond, l'estrade, assez vaste pour accueillir un groupe de danseurs et, au milieu, le parquet usé, presque défoncé par endroits. Des tables de part et d'autre. Les banquettes sont curieusement rivées au sol. Pas de chaises. Au-dessus, d'énormes ventilateurs grincent. Enfin, la montagne, fresque géante que les yeux escaladent, le Plomb du Cantal, peut-être. Le patron des lieux, tout en ventre et moustache, semble éclairer le paysage, lui donner son sens.

« Vous auriez pu aller aux bals de Cambronne », lance un type au comptoir, et Yann de porter un regard interrogateur vers Henri Mahé, son compagnon, que tout le monde ici appelle Riton ou Riton-la-Barbouille.

« Y a pas mal de bals bretons près du métro Cambronne, explique Riton, avant de se tourner vers le gars au comptoir : Moi, je suis un voyageur, monsieur : Breton là-bas, Auvergnat ici, et même pas mal Parigot. Depuis que je peins les cafés, les bals, les cinémas, j'ai vu des gens de toutes sortes et de tous les milieux. Tiens ! mon prochain modèle, ce sera un bougnat, avec son capuchon de toile, son sac sur le dos. Si la chance me sourit, on me filera peut-être un jour la décoration d'un bal comme celui-là. Hein ! Casternague, cela te dirait pas de remplacer ta montagne par quelque chose d'un peu plus...

– Ma montagne est irremplaçable, tranche Casternague. Alors, ce sera comme d'habitude, l'eau-de-vie maison ? Et pour monsieur aussi ? »

Yann s'assied avec son compagnon du soir. La veste noire porte son poids de boutons. De longs cheveux clairs tombent sur les épaules.

« Voilà pour Riton et voilà pour monsieur », lance une jeune fille brune, bien charpentée.

– Ah ! Julie, fait Riton, tout sourire, j'espère que ce soir vous m'accorderez la petite danse que vous m'avez promise la dernière fois.

– Moi, je ne vous ai rien promis, monsieur Riton, vous avez dû confondre avec une autre », rétorque Julie en se tournant déjà vers de nouveaux clients.

Sans cesse en mouvement, elle ne se laisse pas

distraire par les yeux fixés sur elle, unique présence féminine parmi une dizaine de serveurs en tablier blanc et veste noire. Riton ne se lasse pas du spectacle de ses hanches et, plus que tout, savoure ce froid, implacable, indifférent « Passons la monnaie » qu'elle lance entre deux danses, allant de couple en couple, brisant les étreintes de sa voix mécanique.

Fernando l'accordéoniste s'agite sur l'estrade, ajuste des grelots à ses chevilles. Un autre jongle machinalement avec les baguettes de sa batterie. On est moderne au *Bousca* mais, grand sourire du patron, la première partie de la soirée est tout de même réservée à l'Auvergne. Le cabrettaïre zigzague depuis le comptoir, son verre à la main.

Yann se frotte les yeux, des bribes de patois, puis un air de bourrée et des hommes tapent du pied, bras levés, en lâchant les you-you guerriers de quelque lointain village. Dehors, une autre foule semble s'impatienter. Deux hommes en casquette et foulard se battent sur la chaussée. L'un d'eux passe la porte à grand fracas, avant de s'effondrer, les lèvres ensanglantées, contourné par les chaussures furieuses des danseurs de bourrée.

« Allez, du balai ! c'est pas encore votre heure », fait le patron en repoussant dans la rue le type en sang.

« La soirée promet d'être chaude », commente Riton, satisfait.

La java ! On se bouscule maintenant à l'entrée, une étrange faune envahit *Le Bousca*. Les types affichent foulard de soie, casquette et tatouage – le plus souvent un cœur percé de flèches. Certains préfèrent la mode américaine, argentine peut-être, feutre rabattu sur les yeux, chemise rayée orange, chaussures pointues et, comme des grillons, tous sifflent à distance, *psst! psst!* Elles, jupes fleuries, robes en dessous du genou, joues poudrées, sourient aux yeux qui les appellent. Et voilà que des mains viriles se posent sur leurs hanches, plus bas encore, un air de vouloir saisir tout le corps, de l'emporter sans façon, en roulant des épaules.

« Et surtout, si un jour tu vas à Paris, méfie-toi des bals populaires ! » lance une voix lointaine dans l'oreille de Yann.

Paris-enfer, Paris-cachette, Paris-je-suis-libre.

« Vous permettez que je vous porte votre parapluie ? »

Comme beaucoup d'autres, c'est avec cette formule codée que le jeune Breton avait lancé sa première invitation à danser dans sa région natale. Comment pourrait-il alors siffler à la façon des Parisiens sans avoir envie de rire ?

Elle est jeune et brune, une mèche en accroche-cœur collée au front. La mèche acquiesce, tout le visage répond oui à l'appel du grillon, et les voilà qui tournent, juste deux ou trois pas, car la musique s'arrête.

« Passons la monnaie, scande l'implacable serveuse.

– C'est combien ? » questionne le Breton ingénu.

Quatre sous la danse, quatre sous pour cette brune absente tournant pour le regard d'un autre, au fond de la salle, coiffé d'un feutre, qui lâche la fumée de son cigare.

Encore quatre sous. Yann se grise d'une deuxième danse, le cigare se consume au-dessus des mains en pleine lumière, mains fines et claires d'avoir peu travaillé. Le gars semble adresser un signe à distance.

« Désolée, je suis déjà retenue pour le tango. »

« Je pourrais peut-être lui payer un verre, fait Yann de retour au côté de Riton, qui ouvre des yeux énormes :

– Malheureux ! Une danse ne coûte que quatre sous. Mais un verre, ça risque de te conduire loin. Parce qu'une fille comme ça, ça ne se donne pas pour rien. Tu vas y laisser toutes tes petites économies bretonnes, mon gars. »

La jolie brune du nom de Véronique danse maintenant le tango avec un autre homme, la soixantaine encostumée. Les yeux du vieux clignent de plaisir. On dirait que ses lèvres sucent des mots d'amour. Les voilà attablés. Elle hoche souvent la tête, au rythme des billets qu'il lâche devant elle. L'homme au cigare adresse encore un signe, un drôle de rond de fumée que les ventilateurs emportent. Le regard de la fille s'éclaire.

« Venez », dit-elle au sexagénaire, en lui montrant la rue.

Yann laisse machinalement retomber sa tête sur la table. Un défilé d'images, le vrombissement de l'automobile qu'il avait entendu, enfant, depuis la cour de l'école. Mais son esprit a décidément bien du mal à se faire à Paname. Un étranger, avec une moustache brune, pose maintenant une main sur son épaule.

« Ça va ?

– Je viens d'arriver à Paris et je me sens un peu perdu, répond-il, mal à l'aise.

– Ah ! vous aussi, vous êtes nouveau ? » fait l'autre en se présentant, il s'appelle Milou, mais Yann l'entend à peine.

IV

« Bon alors, pour commencer, tu vas me trier tous ces copeaux. À droite, ceux de bronze, au centre le laiton, et la ferraille à gauche. »

Le patron guette Milou du coin de l'œil tout en servant les clients derrière un petit comptoir. Des hommes d'âge mûr fouillent dans la ferraille, comme des chercheurs de trésor. Celui-là veut des copeaux, un autre une barre de laiton. Manche à gigot, batterie de cuisine, vieux cuivre, poste de TSF cassé.

« Tu vas passer ta première journée à classer. C'est comme ça qu'on apprend à connaître le matériel », dit le patron, en lissant son énorme moustache.

« Chez les Puech, explique-t-il, on est ferrailleur de père en fils depuis trois générations. On ne s'est pas beaucoup enrichi, mais on peut dire qu'on a sacrément travaillé. Figure-toi, mon gars, que le grand-père a même aidé à boulonner la tour Eiffel. Et, plus tard, mon père devait participer à son démontage mais, finalement, ils ont décidé de la garder pour l'antenne de la radio. »

Les ancêtres de Milou n'ont pas élevé la tour Eiffel. Ils sont restés les pieds collés à la montagne, prisonniers des sabots. Avec ses souliers noirs vernis, Milou est le premier des citadins. Le premier aussi à avoir connu une guerre mondiale.

« Toi, l'éleveur, lui avait dit un capitaine sur le champ de bataille, tu as l'habitude de la boucherie et ici, c'est pareil : tout ce qu'on te demande de faire, c'est de la Bocherie. »

« Et après la guerre, où es-tu allé ? demande le patron, suspicieux, près de quinze ans s'étaient écoulés depuis, alors, les états de service ? Il n'est tout de même pas resté tout ce temps à remâcher ses souvenirs de tranchée, affalé sur un lit, comme certains Parisiens de la Haute.

Un raclement de gorge. Milou a retrouvé ses Salers. Il avait fait autrefois le vœu de ne jamais partir, dans un de ces moments d'enfance où l'on cherche à s'imaginer un avenir… Un antidote aux histoires familiales, aux contes même où, bien souvent, c'est l'aîné qui hérite tandis que les cadets émigrent.

« À partir d'aujourd'hui, mon gars, tu n'as plus de passé, dit le ferrailleur. Oublie ta famille. Ne pense à eux que pour leur envoyer de l'argent. Sinon, tu te rendrais malheureux pour rien. »

Milou acquiesce.

« Tu as donc maintenant la trentaine ? C'est un âge difficile pour commencer une nouvelle vie… Monsieur ? »

Un client cherche un manche de parapluie, puis demande où trouver un couvreur. Un couvreur ? de parapluie, bien sûr. En fait, c'est l'objet entier qu'il veut acheter par pièces détachées.

« Pour le midi, je te conseille d'amener ton casse-croûte. Comme ça, tu économiseras du temps et de l'argent. Si tu veux, je t'offrirai l'eau», reprend ensuite le patron, l'air de penser que ce service-là aussi pourrait se payer d'une petite retenue sur le salaire.

Pour avoir travaillé dans les fermes des autres, au Pays, Milou connaît ce genre de traitement : manger à part, pas de vin et jamais de double service. Le prix de l'esclavage. Une vraie humiliation. Comment ne pas rêver alors de créer un jour son propre fonds de commerce ?

Les gestes de Milou s'accélèrent à mesure qu'il s'habitue aux pièces de métal. On dirait que toute sa vie prend de la vitesse, qu'il s'envole déjà dans le ciel de Paris.

V

« Mais enfin, pauvre idiot, tu restes là à te faire exploiter, et il ne te viendrait même pas à l'idée de réagir. Fous-lui donc une raclée à ton patron.

– Tu es fou !

– Tout de même, il te paie si peu. Et tu restes là sans broncher. Ah ! bougres d'Auvergnats ! Et moi qui vous croyais solidaires entre vous. Mais non, vous vous bouffez les uns les autres.

– Parle-moi autrement, mon gars.

– Bon, allez, c'est rien. Viens boire un verre. Tu me connais, je m'emporte... »

Une fenêtre s'ouvre sur ces éclats de voix. Milou reconnaît en bas la silhouette de Riton-la-Barbouille, une main sur l'épaule d'un pensionnaire de l'hôtel, Jean, le bougnat maigre aux airs de sauvageon.

« Hé, toi, dit Riton, en levant les yeux, tu vas pas rester comme ça, penché dans le noir. Viens donc goûter la nuit avec nous.

– C'est pas de refus », fait Milou, les épaules endolories, après toute une journée passée à vider des caves pleines de débris rouillés qu'il dut ramener dans la boutique sur une charrette à bras.

Les trois hommes marquent un arrêt à la Rotonde.

Au premier plan, un type, cheveux courts, chapeau sur la tête, un verre d'eau devant lui, semble détailler le va-et-vient dans la toute proche rue de Lappe.

« Bonjour, inspecteur », se moque au passage Riton avant de prendre place à la table suivante, juste derrière un barbeau d'une trentaine d'années, la moustache courte, qui jauge les filles d'un air gourmand et vaniteux.

« Ah ! y en a des bien baths, fait-il à l'attention de Riton.

– Ouais, c'est sûr, mais tu pourrais en laisser aux autres.

– Très bonne idée ! s'esclaffe le marlou. Dites donc, inspecteur, vous n'en voudriez pas une ?

– Messieurs, je suis en service, dit ce dernier, mi-sévère, mi-amusé. Encore une blague de ce genre et je verbalise pour "Outrage à un fonctionnaire de police". »

L'ombre de rafles anciennes effleure un instant les esprits mais le barbeau n'a plus peur de rien. Derrière, d'autres hommes affalés sur des banquettes en cuir, une canette devant eux, affichent la même tenue, casquette de travers, foulard. « Marcel Thil, champion du monde de boxe », annonce la manchette d'un journal, étalé sur une table. Autre titre, le Russe Gorgulov, « monstrueux et mystérieux assassin de M. Paul Doumer, président de la République », a été condamné à mort. Des couples endimanchés trompent l'attente en bavardant, silhouettes auvergnates et d'autres, non identifiables. Ça sent la bière et l'anis. Les regards obliquent fréquemment vers la rue de Lappe, comme vers l'entrée d'une salle de spectacle. On s'aventure déjà en esprit dans cette voie de moins de trois cents mètres, qu'on aurait dit tracée à l'équerre par un petit Haussmann soucieux de la tranquillité urbaine.

Rue de Lappe. Des yeux connaisseurs feuillettent silencieusement la mémoire des lieux, en attendant l'accordéon du temps présent. Un siècle auparavant, Louis-Philippe était venu là. Par la fenêtre entrouverte de son carrosse, il avait entendu l'accent des Auvergnats – les charabias comme on les appelait alors – qui s'affairaient dans leurs boutiques de ferrailleurs ou de produits régionaux. Louis-Philippe n'avait fait que passer, mais un roi est un roi et il n'en fallut pas plus pour qu'on donne son nom à la rue. Jusqu'à sa destitution, et l'on revint prudemment à ce Sieur sans histoire, M. de Lappe qui, au XVIIIe siècle, avait cédé ses terres afin qu'on puisse ouvrir cette voie.

Dans les années 1860, l'hebdomadaire *L'Auvergnat*, ancêtre de *L'Auvergnat de Paris,* se présente encore comme le journal des ferrailleurs de la rue de Lappe. Mais voilà qu'une cabrette se gonfle d'air et lance dans le ciel de la capitale un drôle de son accompagné le samedi soir par le bruit des sabots des hommes et des femmes. Rien de plus sage alors que ces bals où l'on s'amuse en famille, entre gens du Pays.

Et puis des Parigots éméchés, égarés dans le quartier, viennent frapper à la porte de la bourrée, écrasent leurs têtes de gargouille sur les vitres de la fête. Progressivement, la nouvelle se propage. Savez-vous qu'il y a une rue à Paris qui ressemble au pont d'Avignon ? On y danse, on y danse...

Beaux joueurs et, plus encore, commerçants, les patrons des bals de famille auvergnats commencent à faire un peu de place aux nouveaux venus. Comme il en faut pour tous les goûts, on leur accorde quelques valses musettes, au compte-gouttes, histoire de s'assurer qu'ils reviendront. Dans les années 1900, un curieux bonhomme du nom de Bouscatel, pur Cantalou, joueur de cabrette, ouvre au n° 15 un petit bal. Sur le cageot qui lui sert d'estrade, cet homme jovial aimante les foules avec le son de son instrument. Le n° 15 s'est agrandi sur les maisons suivantes lorsque la guerre de 1914 impose un silence brutal. Durant quatre ans, on n'entendra plus guère que le grondement de la Grosse Bertha lançant ses obus sur Paris.

L'armistice signé, la petite rue reprend ses droits. On lui fait une vraie fête. La voilà colorée de casquettes, foulards, canotiers, de robes pavoisées au goût du jour. On y imagine de nouvelles danses. La java s'y perche au sommet. Elle en représente la saveur insolite. Même les riches veulent être de la partie. Tant de fois, dans de belles demeures, cette phrase chuchotée : « Ah ! bon, vous n'avez jamais été rue de Lappe ? »

Paris ne compte plus que deux sortes d'habitants : ceux qui la fréquentent, et les autres, les ignares, les ascètes, les trop pauvres, les exclus de la fête.

Mais, derrière les lumières vives des bals, que de petits passages, que d'arrière-cours où ferrailleurs et marchands de salaisons ont entassé leur bric-à-brac ! Tout un labyrinthe que les marlous connaissent. La paisible rue de Lappe a mille issues secrètes. On peut y entrer par la grande porte et en sortir ni vu, ni connu, tandis qu'au loin résonnent encore les coups de sifflet des flics…

L'inspecteur se lève le premier et, sans saluer, s'élance, solitaire, dans la rue calme, encore résolument fixée à l'heure de l'Auvergne – heure du jour – mais bientôt prête à basculer dans la nuit de partout. Déjà un groupe de visiteurs s'arrête au bord, toute une nuée d'« Angliches ».

« C'est une tradition depuis quelque temps, lance Lucien le barbeau. On envoie les touristes danser au *Petit Balcon*, passage Thiéré. Ces gens-là vont nous fiche le quartier en l'air.

– C'est vrai qu'elles jurent dans le paysage, les mémés », se moque Riton, les yeux cloués sur une vieille lady, tailleur très strict, qui l'observe aussi, de l'autre côté de la rue.

« Il faut se méfier de cet inspecteur, reprend l'homme à femmes.

– Sûr qu'il est pas là pour plaisanter. Mais si les roussins venaient pas mettre un peu d'ordre, faudrait éponger toutes les nuits le raisiné à la serpillière. »

Ignorant l'argot, Milou et Jean conversent entre eux. Jean a vécu en Lozère jusqu'à vingt ans, avant de devenir bougnat à Ménilmontant ou, plutôt, commis-charbonnier. C'est lui qui va charger le charbon gare de l'Est. Son patron, qui s'est cassé le dos à porter les sacs, n'a maintenant plus rien d'autre à faire que de crier du matin au soir, depuis sa chaise roulante, en le traitant de vaurien.

« Je me tape toutes ses livraisons, mais il me paie

quand il veut. À chaque fois, il fait semblant d'avoir oublié.

– Je te le répète, moi, reprend Riton, laisse-le crever, ton vioc. Qu'est-ce que tu restes là à te faire exploiter ? Suis donc l'exemple de Lucien, tu prends deux ou trois bergères que tu fais bosser pour ton compte et l'affaire est dans la poche. »

Le bougnat grimace. Secoue la tête.

« Pourquoi ? T'aimes pas les filles ? s'inquiète Lucien. Moi, j'en raffole. Marie la blonde, Véronique et son accroche-cœur, Germaine, entre les trois, mon cœur balance. Quand je suis avec l'une, je mets les autres au turbin, comme ça, elles sont pas trop privées.

– Vous voyez, fait Riton, ça, c'est un marlou de Paname, un vrai de vrai, un apache, un gangster, comme y disent maintenant les pékins. Hé, dis donc, l'autre jour, Véronique m'a dit que tu lui avais mis une sacrée dégelée.

– Avec moi, les mômes, quand elles marchent droit, ça tourne. Mais Véronique, de temps en temps, c'est plus fort qu'elle, faut qu'elle s'amuse avec le feu. Enfin, c'est quand même moi qui l'ai recueillie, la p'tiote. Elle était venue de sa cambrousse, sans connaissances, perdue. On lui avait donné une adresse qu'elle m'a fait lire sur son bout de papelard. Vous savez où c'est ? Pas de problèmes. Je l'ai emmenée rue de Lappe et elle s'est tout de suite sentie chez elle. »

VI

« Quand je vois des filles, à peine sorties de chez leurs parents, avec ces porcs, ça me fait quelque chose », dit Julie, la serveuse du *Bousca*, en déposant des verres d'eau-de-vie devant les trois nouveaux clients.

Milou et Jean approuvent, sous le regard moqueur de Riton.

« Vous autres, vous êtes des moralistes !

– Récemment, j'en ai pris une à part, poursuit Julie. Lucien, justement, lui avait déjà mis la main sur l'épaule. N'y va pas, que je lui ai fait, celui-là, il joue avec le fouet. Heureusement qu'on a une porte à l'arrière.

– C'est quand même pas un métier pour une femme, ici, lance Riton. Tu te rends compte, dix garçons pour servir et puis toi, toute seule…

– J'ai mon armoire à glace qui veille sur moi », répond Julie en désignant un type énorme, tout en muscles, avec des yeux excessivement naïfs.

L'accordéoniste fait jouer son soufflet à frissons. Ruée sur la piste.

« Passons la monnaie », lance Julie, en prenant bien garde de n'oublier personne. « Roulez ! »

«Moi, je connais, disait Fanfan,
Un coin où les affranchis vont,
C'est à deux pas d' la Bastille,
Un petit bal de famille,
Y a un fameux accordéon
Qui vous sort de ces variations
À faire pâmer les gigolettes
Écoutez-moi ça si c'est chouette…»

«Ils ne vont pas commencer avec leurs chansons de Parigots ! s'impatiente Milou. À la première bourrée, je vous invite.

– Je ne danse jamais pendant le service», répond Julie, brusquement attentive à cette tête lourde, ces traits fermes. Nez, menton, tout le visage semble sculpté dans le granit.

«Et puis aujourd'hui, on ne joue pas les danses du Pays. Pour la bourrée, il faut plutôt venir le samedi soir ou le dimanche après-midi.»

Hommes en casquette, femmes aux joues luisantes, poudrées de riz. C'est vrai, ça parle un drôle de patois. Milou capte des mots justement destinés à lui échapper, *larder, raisiné.*

«Je travaille quatorze heures par jour, poursuit Julie. Parfois même seize. Une question d'habitude.

– Moi aussi, je turbine quatorze plombes, mais par semaine, plaisante Riton, fier comme un coq en pâte. Eh ! oui, c'est la vie d'artiste. Tout passe d'abord par les yeux, la tête, le cœur. Les images vont et viennent, se décollent comme des réclames sur un mur. Rares sont celles qui résistent, mais celles-là, une fois qu'elles vous tiennent, y a plus qu'à se mettre à l'ouvrage.

– Et moi, vous ne voulez pas me peindre ? questionne Julie, un rien provocante.

– Ah ! c'est déjà sur le feu. Je veux dire, dans ma tête. Premier plan, pleine lumière, vous serez la reine de ma fresque, un plateau à la main, dans un bal comme celui-là. Votre sourire invitera le spectateur à entrer dans mon œuvre. Derrière vous, dans l'ombre, les musiciens et la foule des danseurs...

– C'est beau ce que vous dites là, monsieur Riton.

– C'est que je t'admire, la môme. Sais-tu que je viens ici tous les soirs pour tes jolis yeux ? »

Julie se détourne en riant.

« Avec elle, je n'arriverai jamais à rien, lâche Riton à l'attention des deux Auvergnats. Mais vous devriez essayer, vous autres. Après tout, c'est une fille de chez vous, une "payse", comme vous dites. »

Jean lance un prénom, Justine, qui semble brusquement éclairer son visage charbonneux.

« Plus tard, elle viendra me rejoindre ici. Dans quelques années, on ouvrira un café ensemble.

– Le turbin, vous avez que ça en tête ! Le proverbe a raison : "Ni hommes, ni femmes, rien que des Auvergnats." Tu veux donc te retrouver estropié dans tes vieux jours, comme ton saligaud de patron ? »

« Passons la monnaie », poursuit Julie sur la piste.

Tous se tournent vers elle, certains froncent les sourcils. On la déteste ou on l'admire. Puis, dans la rue, une suite de cris, bruits de fuite, des uniformes noirs. Au premier plan, l'inspecteur de la Rotonde, en civil, son chapeau mou sur la tête.

« Allez, hop ! tout le monde au commissariat ! »

Un habitué sans doute lance, agacé :

« Encore une rafle ! mais on ne fait rien de mal !

– C'est ce qu'on va contrôler », rétorque l'inspecteur, l'air martial : tout le monde au pas, de l'accordéoniste à la prostituée, du barbeau à l'ouvrier. Même le patron entre dans la danse.

« Qu'est-ce qu'ils sont, tous ces flics ? des fonctionnaires, c'est tout », lui a dit Casternague la première fois qu'il est venu dans son bal, incognito. Des fonctionnaires, certes ! mais qui ont le pouvoir de vous mettre au trou, de vous faire éteindre vos lumières et baisser le rideau sur votre devanture...

Inspecteur, commissaire, simples agents, tous baignent dans le bonheur de surprendre cette foule en plein plaisir, comme on sort un couple de son lit. Allez, ouste ! des coups de pied bien placés, et la masse humaine prend le chemin du commissariat. Milou se débat, mêle ses jurons à ceux des hommes en casquette. Décidément, ça n'en finira jamais. La police française qui le traite comme un Boche. Marche lente du prisonnier.

VII

Yann se rappelle avec colère le joli sourire de ces messieurs, recruteurs d'usine, qui ont daigné crotter leurs bottes dans la boue des campagnes bretonnes. Ils promettaient bons salaires et traitement équitable. Devant eux, une belle automobile, comme on n'en avait jamais vu, le mufle géant, deux phares dressés qui mitraillaient la nuit, un ronflement dominateur à faire fuir le bétail. Les enfants tournaient autour, escaladaient le marchepied, exerçaient leurs muscles sur le volant trop dur, caressaient la froide carrosserie pur acier. Avec cela, disait-on, les plus extraordinaires voyages d'autrefois deviendraient le lot commun.

Yann a joué le mauvais numéro. Dans l'usine Citroën qui l'emploie, l'ouvrier compte moins que le dernier modèle, la Rosalie 7 CV qui surgit au bout de la chaîne, prête pour le salon d'octobre, sous le regard admiratif de quelque contremaître, contrôleur de la finition.

« Je fais des automobiles pour les autres, mais moi, je n'en aurai jamais. »

De temps à autre, dans sa petite chambre qu'orne encore une affiche de Bugatti à demi déchirée, Yann entend un vague air de bombarde montant de la nuit des temps. Il revoit des visages de femmes, des rondes enfantines devant la mer.

Est-ce à cause d'une mauvaise rime ? Le Parisien a fait de la Bretonne sa bonne. Transformé Anne de Bretagne en Bécassine.

Sixième étage. Une porte indique enfin le nom de sa cousine. Elle sort précipitamment, le visage marqué de nouvelles rides, un corps comme une barrière. Surtout ne pas le laisser entrer ! Mais il sait déjà l'espace étroit où l'air pénètre à peine, les quelques meubles presque collés les uns aux autres, l'unique chaise.

« Descendons doucement, fait Marie, l'air d'un chien battu. Les patrons n'aiment pas que je fasse du bruit dans l'escalier. »

La rue lui rend quelques couleurs. Ces deux-là vont à Montparnasse pour croire que tout n'est pas fini. De là-bas, les trains repartent pour la source, ils s'aventurent dans leurs dix ans, devant le chouchène interdit, le miel-au-delà-du-miel, et des voix autour entonnent *Finistère*, le fond de l'Ouest, l'éternelle nouveauté. Yann rêve avec sa cousine, amoureux de ce qu'ils ont en commun, d'une histoire où elle tomberait entre ses bras. Elle s'écarte un peu, comme s'il avait la fièvre.

« Tu es malade ? »

Il a l'air d'une plume égarée qui vole au gré du vent.

« J'ai des amies à Paris, lui dit-elle, des amies de là-bas. Je pourrais arranger une rencontre. »

« Tous les ouvriers ont un seul et même pays :

l'usine », coupe un barbu furieux, en franchissant le seuil du café, un grand journal à en-tête rouge entre les mains. Yann croit reconnaître un collègue de l'usine mais, là-bas, tous les hommes se ressemblent, à une barbe près. Le type ne cherche d'ailleurs aucun signe de reconnaissance. Le journal, rien que le journal plaqué en évidence devant lui pour qu'on l'oublie au profit de ce qu'il vend. Le type s'assied près de Yann et de sa cousine. D'où vient-il ? Réponse sèche. Il récite une leçon. S'il est entré dans ce café, c'est pour vérifier qu'il n'est plus breton. Lui aussi, un chant le réveille la nuit, mais c'est *L'Internationale*.

Yann achète un journal. Savoir si le gaillard a parlé par lui-même ou s'il n'a fait que répéter ce qu'il a lu dans sa publication.

« Et les bonnes, demande Marie, peuvent-elles se syndiquer ?

– Ah ! bien sûr, rit le barbu qui tient à rester sans prénom, sans autre identité que sa barbe et son journal. J'en connais même une qui a pris l'argent de ses patrons pour renflouer les caisses du syndicat.

– Mais c'est du vol ! »

VIII

Deux ans déjà depuis cette fichue rafle, la première d'une série qui avait fait fuir tous les habitués du *Bousca.* Casternague lisse sa moustache, l'air pensif. Longtemps les clients, par vagues gloutonnes, envahissant tout le comptoir, débordant parfois dans la rue, lui avaient interdit de réfléchir. Sans cesse ils lançaient un appel à ses bras, ses jambes, sa voix. Il n'avait fait que leur obéir, leur sourire.

Quelle tristesse, alors, de se tenir seul accoudé au comptoir d'étain, le torchon sur l'épaule.

« Pour la première fois, j'ai même dû donner plusieurs jours de congé sans solde à Julie. Quand je pense à tout le pognon que j'ai mis là-dedans... »

Un client solitaire demande un café. C'est à peine si Casternague le sert tant il est absorbé dans ses pensées.

Une boisson-maison, c'est cela, une boisson-maison pour ces dames ! Attirez les femmes et les hommes suivront. Il voit déjà l'affiche, comme un soleil devant sa vitrine. Mesdames, *Le Bousca* vous offre sa nouvelle boisson-maison sans alcool, venez la déguster gratuitement. Et *Le Bousca* de reprendre ses couleurs. Revoici la foule d'antan. Mieux encore, ils viennent de partout, y compris des beaux quartiers, hommes en chapeau et redingote, femmes en robes amples, tant de monde que même les barbeaux n'arrivent plus à se frayer leur chemin.

*

Au commencement, il y eut Julie. Elle préparait une limonade quand, par inadvertance, une bouteille de sirop de groseille glissa d'une étagère, laissant échapper quelques gouttes dans la limonade. Furieuse, elle s'apprêtait à jeter la boisson frelatée lorsque Casternague lui dit, moqueur :

« Pour ta peine, tu la boiras.

– Chiche ! »

Fermant les yeux, comme dégoûtée d'avance, elle ingurgita d'un coup la limonade tachée de rose.

« Mais c'est bon ! »

Elle semblait comme enivrée par ce cocktail pourtant sans alcool.

« Tenez, goûtez », fit-elle à son patron qui estima qu'une telle consommation ne pourrait convenir qu'à des enfants. Les autres serveurs burent à leur tour sans enthousiasme mais les femmes présentes, goûtant aussi le breuvage par jeu, parurent y trouver quelque plaisir. Sur quoi apparut Péguri, l'Italien :

« Allons, il n'y a rien de nouveau là-dedans. Cette boisson existe déjà en Italie, ça s'appelle même un diabolo. »

« Un diabolo, hurle Casternague dans le bar vide,

un diabolo », et le serveur présent interrompt brusquement son bâillement. Qu'arrive-t-il au patron ?

« Venez, Bernard, je vais tout vous expliquer. »

Les yeux du jeune homme s'agrandissent tandis que Casternague lui conte son idée.

« Mais attention ! ce projet doit rester secret. Sinon, nos concurrents vont nous copier. Alors, pour l'instant, tu vas préparer des affiches. « Mesdames, le *Bousca* vous invite à venir déguster gratuitement son nouveau cocktail. »

Grand bruit dans la cheminée, d'où coule une pluie de suie noire.

« Euh, j'ai oublié de vous dire, monsieur, bredouille Bernard. Le ramoneur s'est présenté pendant que vous étiez en cuisine. »

Casternague se précipite vers la cheminée, lève des yeux enflammés vers un jeune adolescent très maigre, coiffé d'une casquette, avec, à la main, sa raclette et son hérisson.

Les yeux du patron disent : « Je vais t'apprendre, saligaud, à écouter le secret des gens », mais a-t-il seulement entendu ?

« Je suis désolé, monsieur. »

Le visage noirci a un petit air de fouine.

« Ce n'est pas grave, mon garçon. Je n'aurais pas dû me planter sous la cheminée alors que tu étais en plein travail. Tu vas bien prendre un verre ?

– Ce n'est pas de refus. »

Le gamin boit d'une traite, pour se donner bonne contenance. Le faire parler, un autre verre, il conte maintenant toute sa vie, ses parents restés dans les

Alpes, son arrivée à Paris, sa chance : remplacer un gâillo qui avait « avorté » une cheminée.

Plus Casternague y pense, et plus il est intimement convaincu que son idée de cocktail est excellente, à condition qu'elle soit gardée secrète. Faire courir la rumeur dans tout le quartier, qu'on se passe le mot de maison en maison : Vous avez vu l'affiche ? On offre une nouvelle boisson au *Bousca*, vous savez ce que c'est ?

Le petit Savoyard refuse un ultime verre. Elle est tout de même agréable, la gêne manifeste du patron qui tourne autour de lui comme une mouche autour d'un pot de confiture.

« C'est un dur métier que tu fais là, mon petit ! » lâche finalement Casternague, en offrant un énorme pourboire aussitôt souillé par les mains couvertes de suie.

IX

« Eh bien, mesdemoiselles, vous goûterez bien un peu de mon jambon. Vous êtes du pays, non ?

– On est de Saint-Urcize.

– Et moi, je suis de Laguiole… Vous avez un air de famille. Je parierais que vous êtes sœurs.

– Gagné ! »

L'homme bonimente encore, mais les deux sœurs s'éloignent poliment, « On reviendra », formule qui signifie précisément son contraire, et le marchand leur fait un signe d'adieu.

« Tu vois, c'est ça, la foire aux jambons, dit l'une à l'autre, visiblement sa cadette. Veux-tu que je t'emmène voir le cow-boy ? »

Le cow-boy, un géant, fait siffler son fouet avant d'arracher la cigarette des lèvres éternellement souriantes de sa compagne.

« Tu ne crois pas qu'il risque un jour de rater son coup ? »

Jongleurs et cracheurs de feu, montreur d'ours et musiciens, nain catcheur… Le boulevard Richard-Lenoir a revêtu ses vêtements les plus insolites pour sa grande métamorphose annuelle. On y vient en masse de tous les coins de Paris. Gens de Paname, riez, pleurez et tapez dans vos mains, mais attention ! prenez bien garde à vos portefeuilles et à vos sacs.

Une sorte d'apache vient serrer les deux sœurs d'un peu près, casquette de travers, mégot au coin des lèvres. Alors que la plus jeune paraît effrayée, Julie lui lance, résolue :

« Dis donc, l'Indien, si t'arrêtes pas de nous tourner autour, tu ne seras plus jamais servi au *Bousca.* »

Démasqué, l'autre marque un pas de recul devant cette jolie femme : la serveuse du *Bousca*, sous un joli chapeau, avec une grande robe violette.

« Mille excuses, ma belle, je ne vous avais pas reconnue. Et c'est donc là votre frangine ?

– Non, c'est mon arrière-grand-mère. Allez, de l'air, on a besoin de respirer ! »

Irène n'en revient pas d'entendre sa sœur parler ainsi.

« Que veux-tu ? C'est Paris. »

Image d'enfance. Julie escaladant les arbres, partant vers les sommets, et Irène à l'arrière, en témoin admiratif.

« Tu vois, là, au bout de la foire aux jambons, c'est la foire à la ferraille. »

Toutes sortes d'objets jonchent le sol, vieilles barres rouillées, tiges, boulons, une espèce de grande décharge insolite autour de laquelle on s'affaire. Des hommes tâtent le métal, s'y écorchent les doigts, risquent le tétanos, tentent des assemblages de pièces hasardeux devant des marchands plus ou moins indifférents qui, parfois, lâchent un prix. Le regard de Julie s'arrête, surpris, sur l'un d'eux :

« Ah ! je vous connais, vous ! Mais dites, cela fait bien longtemps qu'on ne vous a pas vu. Figurez-vous que vous êtes le deuxième client du *Bousca* que je rencontre aujourd'hui. »

Les yeux expriment d'abord un vif plaisir.

« Ma sœur, Irène, et là, c'est… Milou, si je me souviens bien. Vous êtes aussi du Cantal, n'est-ce pas ?

– De Saint-Flour.

– Ma sœur est arrivée il y a deux semaines. Elle a trouvé un travail de serveuse dans un petit bistrot, près de République, après avoir passé une annonce dans *l'Auvergnat de Paris.*

– Et ça vous plaît ?

– Comme ci, comme ça. »

Chacun semble chercher ses mots. Le temps, bien sûr, est un peu frais pour la saison. À propos, vous avez vu notre affiche ? Ah ! oui, votre boisson pour femmes. Qu'est-ce que c'est ?

« Je ne peux pas vous le dire. Mais vous devriez venir. Vous ne le regretterez pas. »

« Alors, on me sert ou quoi ? » s'interpose un client.

Les deux sœurs prennent place un peu plus loin, à la terrasse du Tambour, alléchées par l'odeur des moules et des frites mais, à l'heure du repas, quand son patron vient le relayer, Milou prend la direction opposée. Un casse-croûte au jambon de pays lui suffit amplement. Il s'installe au comptoir, dans le bruit des conversations, mastiquant avec lenteur, pensant aux deux années écoulées depuis la fameuse rafle au *Bousca*. Deux années de travail. Même le dimanche, une fois finie la semaine du patron, la sienne continuait : quelques affaires au noir pour arrondir les fins de mois.

X

En titubant, Yann rallume son mégot, tire une bouffée, et puis :

« Attention, monsieur, vous mettez votre cigarette à l'envers, lui lance un gamin.

– Ah ! merci », dit Yann, se retournant et soulevant son feutre.

Il s'accroche à un réverbère, frôle un mur, dérive vers la chaussée.

Et tiens ! les automobiles, la Peugeot 201, la Primaquatre de chez Renault, là, un taxi Citroën, avec son chauffeur russe. Coups de klaxons furieux. Un drôle d'olibrius à la démarche zigzagante bloque la circulation.

On le remet sur son droit chemin. Les trottoirs sont décidément trop étroits. Cela fait bien trois heures qu'il s'est lancé dans ce long voyage entre Bretagne et Auvergne, voyage parisien s'entend, de Montparnasse à la rue de Lappe.

« Tu comprends, dit-il à un serveur, dans un nouveau café-escale, là-bas, tout le monde commence à me connaître, et j'ai peur qu'un de ces saligauds, en rentrant au pays, aille raconter à ma mère qu'on me voit tous les soirs dans un foutu état à Montparnasse. »

Il se réveille un peu plus tard, à la table où on l'a fait asseoir, un miroir devant lui. Les yeux se détournent du visage rouge. Une voix dure sonne encore à ses oreilles.

« Allez, les gars, du nerf ! C'est sûr, notre Traction Avant fera fureur au prochain salon. »

À cette heure de la nuit, la rue crie, parle trop fort. On dirait presque qu'elle manifeste, reprend les slogans des journées sanglantes de février. La gauche. Les Croix de Feu. Il fallait alors choisir son camp. Chaque matin, dans le vestiaire de l'usine Citroën, les gars du syndicat venaient le presser. Marche avec nous. Puis c'était le tour du contremaître, hanté par sa seule Traction, sourd aux braillements de la foule.

Sur sa chaîne, Yann a déjà serré assez de boulons. L'automobile de l'avenir, comme ils disent, se fera sans lui. Une envie de vomir de la carrosserie, tout en s'enfonçant dans le noir.

« Voilà le port de Brest », lance-t-il au bord de la rue de Lappe dont tous les bals et cafés illuminent le pavé. Mais en fait de marins, les jeunes gars ont foulard et casquette de travers. Yann lit un grand titre dans son journal intérieur : la Bretagne jette Paris à terre. Il bouscule un type pas trop gros, en compagnie d'une jolie brune.

« Hé, là, ça ne va pas ?

– Quoi donc, mon gaillard, qu'est-ce qui ne va pas ? Dis donc un peu, qu' je te règle ton compte. »

Une menace sur le visage de l'autre, mais la jeune fille brise le jeu :

« Laisse, Léon, tu vois bien qu'il est paf. »

Le *Bermet* maintenant, une misère ce bal, guirlandes en papier froissé au plafond, deux lampes pendouillent, l'une blanche et l'autre rouge, pour de pauvres effets de lumière. Parachini l'accordéoniste et Dédé-les-Gros-Yeux s'agitent sur une estrade misérable. Des corps de danseurs émergent à peine d'un épais brouillard qui s'élève de toutes les tables, depuis les cigarettes dont les cendres se dispersent au hasard. Le serveur en impose, énorme tête brutale au milieu de la brume, portrait de Jack l'éventreur. On le surnomme ici Nénesse avec respect, alors Yann se fait courtois, une canette, s'il vous plaît, et il somnole, le regard daltonien perdu dans les couleurs du rêve. Un type lui propose une fille, Dédé-les-Diams qu'il s'appelle, peut-être à cause du diamant pendu à sa cravate. Et puis Gaston-la-Peugeot, Raymond-la-Tomate, Riton-les-Pieds-Pourris, ils ont tous un air d'avoir fait les bat' d'Af'.

Yann poursuit sa tournée solitaire, *La Boule rouge*, *Les Barreaux verts* et tiens ! *Le Bousca* où Riton-la-Barbouille l'a emmené la première fois. Revoir la jolie brune enfumée par le cigare de son jules.

Violente lumière, des rangées entières de lampes mitraillent le nouvel arrivant de rouge et de jaune, des yeux le déshabillent en couleur. L'un jauge le poids de muscles, Casternague mesure le degré d'ivresse. Une envie de dire « Non » à ce genre de clients. En ces temps difficiles, Yann a tout de même droit à une place près de la porte, ou de la sortie, si l'on préfère.

Adossé à la banquette, les yeux fixés sur un ventilateur, il laisse traîner des jambes exagérément longues.

« Ce sera quoi ? » fait Julie.

Elle lui amène sa canette et prévient :

« Dans l'état où vous êtes, vous n'en aurez pas deux. »

Il bute sur cette phrase, prend des buveurs à témoin. Les jeux de lumière ne semblent plus exister que pour lui, il passe par toutes les couleurs de la danse, jaune, bleu, vert, rouge. Oui, cette serveuse lui a manqué de respect ! Elle mérite qu'on lui botte les fesses. Il se redresse, s'écrase sur le sol. Il faudrait peut-être appeler un docteur, geint une voix lointaine.

« Non ! j'ai une autre recette ! »

Toute la mer lui arrive en pleine figure, une carafe d'eau, une immense carafe d'eau, avec au-dessus, le visage souverain de cette serveuse qui…

« Ah ! si je t'attrape…

– C'est moi qui vais vous attraper ! »

Elle lui tire son gilet couvert de boutons qui tombent comme une pluie de pièces. Le fauve à ses côtés l'aide à le soulever, un drôle de hurlement, et la rue le recueille, naviguant d'un porche à l'autre, tombant, se relevant, et toujours insultant les voitures.

XI

« Qu'est-ce que t'as à me reluquer comme ça, gamin ? Si t'étais pas si jeune, tu m' ferais presque peur.

– C'est combien ?

– Non, mais t'y penses pas. C'est à peine sorti des jupes de sa dabe et ça veut jouer aux hommes !

– J'ai de l'argent, vous savez.

– Fais voir. »

Quelques sous luisants sortent péniblement, un à un, du fond de la poche. Un grand éclat de rire. Avec ça, elle ne pourrait même pas lui donner deux minutes de son temps si précieux.

« Et puis, je vais te dire, gamin, moi, je prends pas les crasseux. Si tu veux monter un jour, il faudra te débarbouiller un peu. C'est quoi, ton métier ?

– Ramoneur.

– Pauvre gosse ! Tes parents t'ont abandonné ?

– C'est moi qui ai voulu travailler, madame. Et j'suis pas un gamin. J'ai dix-sept ans, vous savez.

– Alors, dans ce cas, va voir la blonde, un peu plus loin. Cette mocheté fait des rabais. Pour huit ou dix francs, elle va t'arranger quelque chose. Prévois un franc de plus pour la serviette et le savon. »

Le petit ramoneur plante un long regard gourmand sur la prostituée. Depuis le temps qu'il l'épie.

« C'est combien ? demande un autre, très maigre et à peine plus âgé.

– Décidément, c'est la journée des gueules noires. T'es ramoneur, toi aussi ?

– Non, bougnat.

– Évidemment, à l'accent, j'aurais dû m'en douter. »

Une brève conversation, et le nouveau venu suit Véronique dans l'escalier couvert d'un tapis rouge. Une chambre, rue de Lappe, au-dessus du bal chez *Bermet*.

« Tu t'appelles comment ?

– Jean.

– Ah ! des Jean, j'en ai eu des dizaines. Y a pas mieux. Quoique les André, c'est pas mal non plus. Et t'es auvergnat, pardi ?

– Lozérien. »

Les corps sont à peine nus et Jean, pris de frissons, glacé, se perd dans une première quinte de toux. Le mal a fini par le prendre aussi, comme bien de ses collègues.

« Décidément, c'est ma journée », fait Véronique, en s'étirant sur le lit, refroidie à son tour, presque écœurée par ce corps malade.

Ses deux mains entourent le cou maigre. Il se défend presque, concentré sur le tunnel intérieur d'où jaillit le train de la toux. Anthracite et boulets, gailletins, noix, noisettes, le charbon grave la nuit dans ses yeux. Elle ouvre un peu la fenêtre, et l'air lui fait du bien, le libère, le porte. Il est en sueur, brûlant.

« Mais respirez, bon sang ! » s'inquiète Véronique.

Il respire, tousse. Elle se relève au loin. Quelques billets de plus pour la comptée, et voilà tout ! Le jules sera content. C'est pour le protéger qu'elle supporte les êtres les plus bancals.

« Mais pourquoi vous ne vous soignez pas ?

– Eh bien, je... je n'ai pas assez d'argent – Jean enfile péniblement son gilet de flanelle, se redonne un air de bougnat. – Les médecins, c'est tellement cher. Et puis, quand ils vous tiennent entre leurs mains, ils ne vous lâchent pas. Des filous, ces gens-là.

– Faux. Moi, j' connais un très bon docteur, sur la place, au numéro 8. Tiens ! va donc le voir de ma part. »

Il la regarde, surpris.

« Pourquoi vous me rendez mon argent ?

– Va te faire soigner, j' te dis, et surtout répète à personne que j' t'ai pas fait casquer. Ça me ferait des ennuis. »

XII

« Bon. Et qu'est-ce que tu as déjà fait comme métier ?

– J'ai été ouvrier. Chez Citroën.

– Ah ! c'est très bien, ça. On a eu un gars comme toi, y a quelques années. Mais son père est tombé malade et il a dû retourner en Bretagne tenir la ferme de la famille. À l'usine, il avait appris à travailler en cadence. Fallait le voir enchaîner les casse-croûte à midi, à mesure que les clients les commandaient...

– Je ne vous promets pas d'être aussi rapide, monsieur », pâlit Yann, en reculant d'un pas, mais le vieux, sans attendre, lui lance :

« Bien, va acheter le pain. Tu m'aideras au comptoir à midi, et tu tiendras l'épicerie le reste du temps. On vend les produits du pays, beurre salé, galettes, cidre... »

Et Yann de revêtir le vêtement gris de la maison, mais avec ici le droit de parler. Le devoir de conquérir le client. Finalement, il comprend mieux les Auvergnats. Le commerce vous dessine un visage souriant. Et puis, chaque personne représente un pourboire possible.

De la porte de la boutique, surmontée de l'inscription « café-épicerie », on voit briller au loin les ailes immobiles du Génie de la Bastille. Quand le soir engloutit la journée ordinaire, Yann se métamorphose dans l'arrière-boutique. Un foulard rose, noué à la va-vite. Une casquette, de travers comme il se doit. Ne plus marcher, danser un peu, voilà ! très bien, un air plus dur, effacer ce côté rêveur, ces lèvres un peu trop molles. Lorsque enfin il touche à un autre lui-même, il s'élance sur le boulevard jusqu'à la grande place, traverse devant un charretier furieux, arrête une voiture d'un geste de la main. La fameuse Traction. Rue de la Roquette, les couleurs familières de la Rotonde lui font signe de tourner à droite, rue de Lappe, et…

« Ah ! c'est vous, fait-il, devant une silhouette brune clouée sous un porche, sorte de cariatide vivante qui ne soutiendrait rien.

– Ben ! oui, c'est moi. Moi, c'est moi. Qui voulez-vous que je sois ?

– Non, mais je voulais dire, vous ne me reconnaissez pas… On a dansé un soir ensemble… au *Bousca*.

– Oh ! s'il fallait que je me souvienne de tout le monde… Et après, on est montés ?

– …

– C'est bien c'qu'y m'semblait. Ceux-là, en général, je m'en rappelle… Et alors, c'est pour quoi ?

– Eh bien, justement… C'est pour ça. »

Yann se souvient de sa première danse, rue de Lappe. De cette cavalière, la mèche en accroche-cœur. Deux ans de ce métier l'ont usée encore davantage que lui, l'usine.

Une porte jaune, inquiétante, à cause de traces de coups. Peut-être a-t-on tenté de la forcer. En dessous, la musique du bal *Chez Bermet* s'arrête sur une voix rauque, « Passons la monnaie ». L'orchestre entame une valse.

Dans la chambre, Yann remarque des traces noires qui contrastent avec le parquet. Un ramoneur a dû passer par là. Ou un bougnat. Véronique abandonne ses vêtements. Un savon de Marseille à côté du lavabo, une petite sacoche pour la comptée, le lit immense, unique meuble au pied de la cheminée silencieuse, avec sa couverture fleurie. La sobriété absolue. On n'est pas chez Mme de Saint-Sulpice ni dans un lupanar de luxe.

Yann attend qu'elle soit tout à fait nue.

« Comment s'appelle le type pour qui vous travaillez ? »

Elle se fige devant un inspecteur supposé. Ils sont nombreux, comme ça, à se déguiser. Il a l'air de la plaindre et, d'instinct, elle a froid, saisit sa robe qui n'est pas de satin pour dissimuler son corps trop facilement révélé. Un éclat de rire.

« Je suis curieux, c'est tout. »

Il saisit un livre, posé à son chevet : « Mon homme ». L'auteur, en grosses lettres brunes, s'appelle Francis Carco.

« Ah ! dit-elle, indifférente, c'est un client qui m'a donné ce bouquin. Cela va vous intéresser, qu'y m'a fait, vu que l'histoire se passe rue de Lappe. »

Il déchiffre machinalement quelques lignes : « *Ah ! v'là ce que c'est que d'être du monde et se faire chavirer par vos mâles à l'eau de Vichy...* » Mais déjà, elle le chevauche, lance le livre au loin. Ce type-là semble décidément rêveur. Un éclopé peut-être. Un de ces nombreux êtres tordus qui apparaissent par dizaines les nuits de pleine lune. Il la fait basculer sous lui, exige une chanson, l'accroche, la griffe, en finit avec son quart d'heure.

Elle se rhabille rapidement.

« Vous êtes pressée ? »

Un autre client l'attend. Un ramoneur.

« Il est déjà venu me voir y a dix jours. Il avait pas assez d'oseille. Depuis, il a fait des économies ou il a manigancé je ne sais quoi. En tout cas, il a vraiment l'air d'y tenir. »

Yann s'avance vers le seuil, ramasse le livre de Carco qu'il repose sur la table de chevet. « *Regardez-moi ça… C'est bâti pour chiquer l'amour… pour tout chiquer.* »

« Je reviendrai peut-être.

– Prévenez-moi à l'avance. »

XIII

Des annonces dans les journaux locaux, des semaines passées à coller des affiches dans le quartier, même au-delà, et enfin le grand jour. Casternague, tout sourire, se montre dans son plus beau costume. De la tête aux souliers vernis, il incarne l'accueil, planté au milieu de la chaussée, comme pour dissimuler aux passantes les enseignes suivantes *La Boule rouge*, *Les Barreaux verts*, qui, depuis l'avant-veille, présentent une affiche à peu près semblable à la sienne.

« Cette saleté de ramoneur ! Il a vendu la mèche. Mais ça ne fait rien, y aura du boulot pour tout le monde. »

Les femmes aux chapeaux fleuris, aux joues poudrées, parfois en fourrure, s'installent sur les banquettes de cuir, devant des tables parfaitement cirées, aussi luisantes que des sous neufs. Julie leur apporte la boisson à bulles, mystérieuse, préparée dans un grand fait-tout. Il en existe deux variantes, rouge ou verte, en réalité menthe ou groseille. Le cocktail le plus simple devient un enchantement à force de secret et de sourires.

« Partout où y a des femmes, Riton n'est pas loin,

lance Riton-la-Barbouille en entrant dans les lieux. Peut-être bien qu'aujourd'hui, je vais trouver l'inspiration d'un chef-d'œuvre, *Femmes au diabolo,* elles en robe rouge et lui, tout en vert, avec ses bulles qui leur tombent dans la gorge. Nom de nom ! Même l'ami Vincent n'y aurait pas pensé... Tiens, v'là le macaroni ! T'arrives à point, mon gars, j'avais besoin d'un type pour mon tableau. Il tourne autour des femmes mais elles, exquises, lui préfèrent leur breuvage. Y en a même une qui danse avec son verre.

– Compte pas sur moi pour jouer ce rôle. Et puis, le macaroni, l'est p'têt' plus parigot que toi. Qui c'est qui a amené l'accordéon dans vot' foutue ville endormie, hein ? C'est mon frère, mon illustre frère, Charles Péguri. »

Riton en a déjà les oreilles qui bourdonnent. Histoire mille fois entendue. Il était une fois l'accordéon, né à Vienne et passé par l'Italie, avant de se fixer rue de Lappe, à côté des Auvergnats. Péguri joue de l'accordéon, tandis que son voisin, le Cantalou Bouscatel, y va de sa cabrette. Lorsque l'un fait silence, il entend l'autre, au-delà du mur, et ma foi ! lassés de cette alternance, ils décident un jour de monter un duo. Comme il se doit, au mariage des instruments succède celui de Charles Péguri et de la fille de Bouscatel.

« Oui, enfin, tout ça, c'est de la vieille histoire. 1900. La Belle Époque...

– Tu as raison. Place au présent... *Psst !* »

Une blonde entre deux âges répond à cet appel de grillon. Tout ce qui est blond et féminin tombe entre les bras de Péguri. Qu'à cela ne tienne ! Riton invite

Julie, la seule qui lui pardonne de lui marcher sur les pieds. Mais elle a du travail par-dessus la tête.

« Ah ! Monsieur Milou, quelle bonne surprise ! Invitez donc ma sœur Irène, là-bas. Je suis sûre que cela lui fera plaisir. »

Irène pâlit, bafouille, demandez plutôt à Julie, mais elle ne refuse pas son bras, se laisse entraîner sur la piste.

« Passons la monnaie ! »

Milou se surprend à attendre cette formule, le moment très court où ses doigts effleurent la paume de Julie, pour y déposer les quatre sous rituels. Les danses avec la sœur ne sont que de longs intermèdes, des façons de patienter tout en s'aventurant toujours plus loin dans la nuit.

Irène demande à s'asseoir, pâle, en sueur, comme engluée dans le silence indifférent de son cavalier.

Les rues sont déjà noires, chargées d'ombres qui font peur, et Julie décrète qu'il est temps de ramener sa cadette dans son petit appartement, du côté de la République. Milou s'exécute mais, sitôt la petite reconduite, il revient pour *elle.*

« La nuit, très tard, les rues sont encore moins sûres. J'aimerais vous raccompagner vous aussi.

– Oh ! moi, j'ai l'habitude de rentrer toute seule », fait Julie, phrase mille fois répétée, muraille auvergnate contre les assauts de Paname. Mais là elle rosit un peu.

Il la ramène tranquillement, en se tenant à distance. Seule la danse, encore, pourrait les rapprocher. Alors qu'ils touchent au faubourg Saint-Antoine, un souvenir la saisit, bon sang ! dans la précipitation du départ, elle a oublié de nourrir le chat noir et chez Casternague, personne d'autre...

Demi-tour. De toute façon, le bal n'est pas encore fermé. Julie a obtenu la permission de partir tous les soirs deux heures avant la fermeture.

La rue de Lappe luit maintenant d'une lumière glauque. Il semble que la fête se soit éteinte, mystérieusement. Une tête de vieille dame un peu ébouriffée se penche à une fenêtre, interroge la nuit.

Casternague a desserré le nœud de sa cravate et désigne à une table une silhouette longiligne, vêtue d'un grand imperméable : l'inspecteur de la Rotonde.

« Et de trois, dit ce dernier d'une voix machiavélique. La troisième prostituée assassinée dans le quartier. Pierrette Audoine, tuée le 12 mai 1931 au 5 rue des Tournelles, Marcelle Laubuge, tombée rue Caron dans la nuit du 22 au 23 août 1933. Et maintenant, la rue de Lappe. Véronique Leclant, retrouvée ligotée et étranglée, au-dessus du bal *Chez Bermet*, le 20 novembre 1934. »

Le 20 novembre ? Le meurtre vient juste d'avoir lieu.

« Il y a trois ou quatre jours, elle est venue danser chez nous, confirme Julie. Je la revois encore, avec sa fourrure. Ce luxe, c'était nouveau pour elle. Elle avait l'air heureuse. »

DEUXIÈME PARTIE

I

Un concert d'aboiements résonne dans toute la montagne. De ferme en ferme, à des kilomètres de distance, les chiens se font écho, transmettent un message dont les oreilles humaines captent l'exacte signification.

« Le facteur ne va pas tarder », dit la vieille, emmitouflée jusqu'au menton dans un énorme pull-over d'où dépasse à peine une tête fripée.

Elle s'avance jusqu'au porche de sa maison de pierre, sous ces quatre chiffres gravés : 1-8-2-5, plus d'un siècle déjà que les Delmas dorment, mangent, fument, boivent et font grincer les lits de cette maison.

Le vieux s'appuie sur une canne, sa main se crispe furieusement sur cette troisième jambe, la seule qui tienne vraiment. Excepté le facteur, personne n'aurait l'audace de trouer le silence brumeux, chargé de neige, pour se hisser jusqu'à ce lieu. Une sorte de bout du monde, une impasse terrestre.

« Hé, Titi, tu vas te taire ! »

Le chien semble jaloux de l'uniforme de l'homme des postes. Une envie de le déchiqueter, de se loger dans les lambeaux. N'est-il pas, lui aussi, une sorte de facteur antique, avec ses aboiements qui transmettent les messages ?

« Une lettre pour vous. »

Le facteur a des airs de messie. Un type encore jeune, qui a décidé de consacrer son temps à distribuer le courrier des vieux.

Au dos de la lettre, l'écriture de Milou fait lever un sourire sur le visage de la femme.

« Alors, comment va, le fils ? »

Les mains décachètent l'enveloppe.

« Hé bé, quèqu' t'attends pour lire ? » fait le vieux, en relâchant un peu sa canne : il retrouverait presque l'usage de ses jambes, mais pour la lecture, rien à faire, il a beau se pencher sur les lettres, il lui faudrait des heures pour arriver au bout de ces deux ou trois pages.

« C'est que j'ai pas passé beaucoup de temps sur les bancs de l'école. Dès le printemps, les vaches meuglaient après nous dans les montagnes. On pouvait pas les laisser toutes seules... Bon, allez, tu vas bien boire un coup ? »

Gros rouge, saucisson et jambon, ce n'est pas de trop pour le porteur de bonnes nouvelles. Et le fromage, hein ! un bon morceau. Ou une part de fouace. Par la fenêtre presque aussi étroite qu'une meurtrière, le regard affronte la lumière du soleil jusqu'au mur vert d'une montagne. Dans l'âtre, malgré le printemps, le feu crépite.

« Il travaille toujours dans la ferraille, le fils ? » demande le fonctionnaire des postes, en revoyant clairement le visage de son ami d'enfance, de profil, l'œil ajusté au viseur d'une carabine, dans une fête foraine. C'était leur dernière rencontre. Après avoir atteint la cible, Milou, songeur, n'avait pas souri. Il en avait gros sur le cœur.

« Demain, je pars pour Paris. »

Pariss, il avait fait sonner le *s* très fort, comme les gens d'ici, comme tous les étrangers.

« Oui, toujours ferrailleur, dit la mère avec fierté. Presque trois ans déjà qu'il est parti. En plus, accroche-toi à ta canne, Auguste, il va revenir nous voir cet été.

– Et accompagné ! renchérit le facteur en se penchant sur la lettre.

« Ah ! ce n'est pas comme le fils à Maurice. Un ingrat, celui-là. Une fois parti en ville, il n'a plus donné signe de vie. Paraît même qu'il aurait épousé une étrangère. Une Américaine.

– Pauvre Maurice ! Tous les samedis, il tourne comme une âme en peine sur le marché de Saint-Flour... Savez-vous que maintenant il parle tout seul ? À croire qu'il devient fada.

– C'est ce qui arrive quand on vit seul dans ces montagnes, abandonné de tous, renchérit le père. Allez, encore un canon ? »

Refus du facteur, une main posée sur son verre. Le vieux attend tranquillement qu'il la retire et le vin monte jusqu'à déborder... et puis, tiens, encore un, pour la grande descente, de toute façon, il est là en fin de tournée, le voilà qui enfourche de nouveau sa bicyclette, en zigzaguant, comme toujours au démarrage, mais un peu plus bas, il va encore de droite et de gauche, en chantant à tue-tête.

II

D'un geste sec, Bermet chasse la poussière de son comptoir. Tout s'en va en lambeaux, les deux lampes et leurs effets de lumière, la petite piste où les danseurs se livraient à un exercice délicat, valser sans effleurer qui que ce soit, et surtout pas les gros types aux tatouages qui tenaient tout l'espace. Il ouvre grand ses narines qu'aucun souffle de tabac ne vient chatouiller. Une envie de recréer la brume, en allumant des cigares ici et là, aux quatre coins de la salle.

La première fois, Bermet est entré là en simple danseur auvergnat et puis, il a rêvé de cet établissement à cause de la fille rencontrée dans cette soirée de jeunesse. Il n'a jamais revu la belle. Mais il a acheté le bal. Un petit article, accompagné de sa photo en patron, chauve et fier, avait annoncé l'événement dans le journal de sa commune natale, en Haute-Loire. Bermet-Victoire, il faisait partie de ceux qui, partis de rien, avaient réussi à s'établir et, qui plus est, dans l'enfiévrée et mythique rue de Lappe. Jusqu'au meurtre de cette prostituée, deux étages au-dessus, à un souffle de lui. Avait-elle crié ? Personne n'avait rien entendu à cause de la musique du bal.

Les guirlandes tombent, les lumières s'éteignent. Une pluie d'articles noirs. *Détective, le Petit Parisien, le Petit Journal,* que de délectation autour de cet assassinat et ce titre vendeur, là-bas, au Pays : un meurtre au-dessus de *Chez Bermet.* Le meurtre de Bermet lui-même, oui ! On vient se coller à ses vitres comme à l'entrée d'une auberge sanguinaire. Un pas au-dehors, et une flopée d'enfants s'enfuient dans tous les sens, avec des cris d'horreur. Le bal illustre est désormais « irrespirable de tabac et de sang mêlés ». « Des guirlandes flétries comme la peau du patron », « Un gros imbécile à tête d'ange surnommé Nénesse monte là une garde imprécise... »

« Alors, vous avez réfléchi ? »

Dans l'ombre, le visage souriant de l'inspecteur, entré discrètement, fait sursauter Bermet.

– Je ne sais pas, monsieur l'inspecteur. Qui... qui aurait pu faire cela ? Personne. Ou alors tout le monde.

– Vous-même, avez-vous déjà reçu des menaces ?

– Des blagueurs, c'est tout. Moi, vous savez, j'ai toujours travaillé honnêtement. Mais des choses comme ça, c'est à vous dégoûter. Ah ! si on pouvait connaître le coupable...

– À propos, n'avez-vous jamais vu un jeune ramoneur monter avec cette femme ?

– Le petit Savoyard ? Vous voulez rire ! Y a guère que les cheminées pour avoir peur de lui.

– On sait aussi que parmi ses derniers clients figuraient un bougnat et un Breton. »

Un regard inquiet vers la porte, pour s'assurer que personne d'autre n'est entré, puis Bermet chuchote à l'intention de l'inspecteur :

« Son julot, c'est son julot le coupable. Ces types-là sont capables de tout.

– On l'a interrogé. Il a un alibi. »

Déception. Bermet en avait déjà fait des titres de journaux : le coupable arrêté ! Devant les appareils-photos réconciliés avec son visage chauve, il aurait raconté à la grande masse des journalistes que c'était lui qui avait mis la police sur la piste.

Bermet rince nerveusement des verres lorsque Nénesse fait son entrée. « Le gros imbécile à tête d'ange qui monte une garde imprécise... » Comme quoi, ça vous travaille, ces articles de presse.

« Si vous avez d'autres idées, faites-le-moi savoir, conclut l'inspecteur.

– Je n'y manquerai pas. »

III

Juste en dessous, les loges : des gants et des cannes à pommeau, de ridicules monocles, ça sent la duchesse et le marquis, ou plutôt leurs copies, des rêves d'Ancien Régime qui accouchent de ces physionomies, près d'un siècle et demi plus tard. Au-dessus, les entre-deux, silencieux et bien mis, on s'y fait voir dans son plus beau costume, d'un genre que chacun possède chez soi, pour les mariages ou les enterrements.

« Alors, elle se ramène, ouais ! Ah ! ils sont bien tous les mêmes ! Quand ils sont pas connus, ils viennent chanter sous nos fenêtres en quémandant un ou deux sous, mais dès qu'ils deviennent célèbres, ils font attendre le petit peuple ! »

Éclats de rire, ça sent le gaz du chauffage, le vin et l'anis. Une femme tricote, une autre écosse ses petits pois et là, au premier rang, un homme se lève, se penche vers le grand escalier, les portes à tambour, se dresse à contre-foule lorsque s'ouvre le rideau. Applaudissements. Milou hésite un instant, puis tape aussi dans ses mains, avec la même joie que le public, quand enfin Julie le rejoint au sommet.

Elle fronce un peu les sourcils. Explique qu'elle a

eu du mal à trouver. Il s'excuse. C'est la première fois qu'il vient dans ce lieu. Son regard curieux hésite entre salle et scène.

Sous la lumière des projecteurs, l'artiste, dans un costume de marchande de quatre-saisons un peu étroit pour elle, se moque des premières loges, rit de cette femme, en toilette d'apparat, qu'on devine âgée, ployant sous les richesses accumulées.

« Vous avez de l'or, beaucoup d'or mais tout en haut, derrière vous, y a des filles qui ont le plus beau trésor : la fraîcheur de la jeunesse. »

Toute la poulaille applaudit, sauf l'éplucheuse de petits pois qui poursuit son ouvrage :

« Hé, Fréhel, celle-là, tu l'as déjà sortie lors de la venue de la reine d'Angleterre ! »

« Moi, j'connais, disait Fanfan,
Un coin où les affranchis vont,
C'est à deux pas d' la Bastille
Un petit bal de famille. »

Cet air, Milou se souvient l'avoir entendu... première soirée au *Bousca*... Julie qui donne le rythme, « Passons la monnaie ». Elle est si près de lui maintenant, trois printemps au-delà. Il fallait bien que les arbres bourgeonnent et rebourgeonnent pour casser toute la glace dont elle avait appris à s'entourer. Elle applaudit si fort qu'il a bien du mal à se faire entendre, entre les morceaux :

« J'ai envoyé une lettre au Pays... »

« Non, j'suis pas saoûle
Malgré que je roule
Dans toutes les boîtes de nuit,
Cherchant l'ivresse
Pour que ma tristesse
Sombre à jamais dans le bruit,
Je hais ce plaisir qui m'use
Et quand on croit que j' m'amuse,
J'ai des pleurs plein le cœur,
J'ai l' cafard,
J'ai l' cafard. »

« Cet été, je vais retourner faire un tour dans mes montagnes. J'ai averti les miens que je ne viendrai pas seul.

– Ah ! bon. Qui vous accompagnera ?

– Vous, bien sûr. »

« D'autres croyant gagner davantage
Font des rêves d'or encore plus beaux,
Pourquoi risquer un si long voyage
Puisque Paris est plein de gogos ?
On monte une affaire colossale
Avec l'argent du bon populo
Mais un jour, crac... c'est le gros scandale :
Monsieur couch'ra ce soir au dépôt ! »

« Mais je ne vous ai rien promis, reprend Julie, estomaquée.

– Je croyais pourtant que vous comptiez...

– Chut ! »

Le poulailler n'aime pas ces apartés. Ici, on est une centaine, sur un pied d'égalité. Faut aller dans le sens du spectacle.

« Vous allez voir de quel bois je me chauffe », hurle un ouvrier, habillé en marlou, l'air de vouloir épater la fille à ses côtés qui porte une bague genre Foire du Trône à chaque doigt.

Un long silence, et Julie se lève brusquement. Direction la sortie. Milou bondit derrière, pour le plus grand plaisir des spectateurs. Bruit d'enfer dans l'escalier. « Ah ! ce que c'est que l'amour », commente l'artiste. Aux premières loges, on se moque : une histoire de bonne et d'ouvrier qui ne savent pas se tenir.

« Enfin, quoi ! fait Julie, hors d'elle-même, en bousculant la foule sur le boulevard Beaumarchais, nous ne sommes pas fiancés. Ce n'est pas parce que j'accepte votre invitation au concert Pacra qu'il faut vous imaginer je ne sais quoi.

– Mais je ne m'imagine rien. Je... je vous ai seulement acheté ceci.

– Quoi ? Un foulard ?

– Avec vos initiales.

– Mais pourquoi vous faites tout ça ? Vous savez, la vie à Paris est dure. Du lundi au dimanche, c'est le travail qui compte. Tous les couples de chez nous que je connais ici envoient leurs enfants en nourrice au Pays. Pas le temps de les élever. On se demande même quand ils trouvent le temps de les faire. Vous aimeriez tenir un bistrot ?

– Euh !... Oui.

– Vous n'en êtes pas sûr ! Vous voyez, nous ne sommes pas faits l'un pour l'autre. »

Il lui dit qu'il aimerait la revoir. *Chez Charbonnel*, par exemple.

« Oh ! vous savez, je n'aurai pas une soirée de libre de si tôt. Alors, le restaurant, c'est ce soir ou jamais. *Chez Charbonnel*, en tout cas, c'est une mauvaise idée. Rue de Lappe, tout le monde me connaît, les gens vont s'imaginer... Je connais un autre restaurant dans un endroit tranquille. Suivez-moi. »

Une ruelle sombre du Marais qu'éclaire une unique lumière. À travers la fenêtre, on voit des saucissons et des jambons pendus au plafond. La porte s'ouvre sur un bruit de clochette. Dans la salle basse, aux poutres apparentes, le patron, qui arbore une fière moustache, les reçoit comme chez lui, au coin du feu.

« Bienvenue à l'*Oustal.* »

« Soupe aux choux, viande de bœuf de l'Aubrac, et fourme de Laguiole, récite Julie sans même consulter le menu.

– Pareil.

– Et le vin ?

– Euh ! l'ordinaire...

– Nous avons un petit vin d'Entraygues tout à fait excellent.

– Oui, le vin du Fel », fait Julie, visiblement dans son élément, et Milou, vaguement énervé, approuve encore.

« Vous avez quel âge ? lui demande abruptement Julie.

– Trente-sept ans.

– Hum ! Évidemment... »

Orienter la conversation vers un sujet plus favorable.

Tiens ! la ferme des parents. Et surtout ce petit bois de pins, tout près du sommet. Une cachette pour les amoureux. Le trésor de Milou, le petit bout de terre qui lui reviendra en héritage. Oh ! certes, ce n'est pas grand-chose mais…

« C'est toujours mieux que ma dot », pense Julie, quelques articles de literie, une vieille armoire peut-être, c'est à peu près tout ce qu'elle-même pourrait arracher aux paysages auvergnats.

« Moi, ce qui m'intéresse, c'est d'avoir une affaire.

– Moi aussi, renchérit Milou, avec une promptitude exagérée.

– Une belle affaire, avec de grands miroirs au mur, un immense comptoir pour accueillir le quartier…

– Et aussi des tables en salle. Peut-être même une terrasse…

– Bon, on en reparlera. À propos, je sais que le ferrailleur face au *Bousca* cherche un employé. Je crois qu'il paie mieux que le vôtre…

– Ce serait bien. On pourrait se voir tous les jours.

– Oui, enfin, moi, je vous parle de ce travail, c'est pour vous… Le service est un peu long ici, vous ne trouvez pas ? Je me lève tôt demain. »

Le morceau de fromage de Laguiole, soigneusement enveloppé, disparaît dans la poche de Julie.

« Je le mangerai dans ma chambre. »

Sortie la première, elle surprend en se retournant le regard de Milou, niché au creux de ses reins. Il la saisit par la taille, un instant seulement, comme pour une java. Si seulement elle pouvait se laisser faire !

IV

« Dites, mademoiselle, pourquoi vous êtes noire ? »

Délia sourit. L'habitude de ces questions, regards ronds, toute l'enfance lui tourne autour, avec des points d'interrogation.

« Eh bien, mes parents sont nés en Afrique, tout simplement.

– J'ai parlé de vous à ma maîtresse. Elle m'a dit que vos ancêtres étaient sûrement des esclaves. Ils ont été vendus en Afrique et on les a transportés sur de grands bateaux…

– C'est à peu près cela, oui. Mais je n'en sais pas beaucoup plus. Mon arrière-grand-père paternel était sénégalais. On a dû l'embarquer sur l'un de ces bateaux où l'on mélangeait hommes, bananes et cacao.

– Et votre mère aussi descendait des esclaves ?

– Non, pour elle, c'est un peu différent. Ce sont ses parents qui ont fait le voyage depuis l'Afrique, il y a une cinquantaine d'années, après l'abolition de l'esclavage. Ma mère a grandi dans un village avec tous ceux qui venaient du Congo. Ceux-là avaient droit aux plus vilaines cases. On disait que c'étaient des moins-que-rien. Mon père a entendu ma mère chanter depuis les champs de canne à sucre, puis il l'a vue danser, et…

– Et il l'a épousée.

– Et il a tout de suite compris qu'il n'y avait pas deux femmes comme elle… Bon, allez, on reprend la dictée ? »

Le gamin secoue la tête.

« Je ne comprends rien à cet Anatole France. Et pourquoi un monsieur qui écrit si joliment fait-il dire “Mort aux vaches” à ses personnages ?… Connaissez-vous l'Italie, mademoiselle ?

– Non, ce doit être un bien joli pays. Et toi, tu y es déjà allé ?

– Pas encore. Mais, à l'école, tout le monde me traite de macaroni. L'autre fois, pour me venger, quand le maître a dit “Nos ancêtres, les Gaulois”, j'ai levé la main et j'ai dit : “Non, monsieur, moi, c'étaient les Romains.” Ils ont tous rigolé. Pourtant, c'est vrai. Mes ancêtres ont battu les Gaulois. »

Délia se rappelle une scène semblable, au lycée Carnot de Pointe-à-Pitre. Elle aussi avait dû apprendre le fameux « Nos ancêtres, les Gaulois… » Contrairement à bien de ses camarades, elle s'était réjouie que Vercingétorix ait été battu par César. Voilà qui rabaissait un peu le caquet des ancêtres à la moustache.

« Bon, reprenons la dictée…

– La dictée. Ce mot me rappelle de bien mauvais souvenirs… »

L'ancien cancre n'est autre que le père, entré sur la pointe des pieds.

« Ah ! Monsieur Péguri, votre fils fait de gros progrès, vous savez ?

– Avez-vous bien travaillé aujourd'hui ?

– Eh bien, pas tellement… nous avons surtout discuté.

– De quoi ?

– De nos ancêtres, les Gaulois. »

Le père semble d'abord surpris, puis éclate de rire.

« En ce qui nous concerne, cela se pourrait, explique-t-il, après un temps de réflexion. La plupart des Italiens du Piémont, comme nous, ont des ancêtres gaulois. Les Romains les ont conquis avant les autres, ceux de la France actuelle. Mais d'après ce que l'on dit dans notre famille, nous autres, les Péguri, descendons directement des envahisseurs. »

Fier de sa note savante, le père envoie l'enfant dans la cour de l'immeuble où résonnent les cris des joueurs de billes, pour s'asseoir à côté de Délia, une main près de son épaule :

« Vous savez, mademoiselle, c'est très bien comme ça. Ce petit a mal supporté la mort de sa mère. Alors, ces leçons particulières, c'est un peu un prétexte. Il s'agit surtout d'occuper son esprit. Après chaque cours avec vous, je le trouve joyeux. »

Il s'avance un peu plus, pour un changement de rôle.

« Aimez-vous danser ? »

V

Du jamais vu au *Bousca* ! Une longue file de clients, de la rue au comptoir, vieilles dames et leurs époux sortis de la nuit des temps, piaillements, concert de roucoulades, cris émerveillés, et même des lorgnons ajustés sur des yeux presque clos, déchiffrant un monde nouveau, comme Champollion les hiéroglyphes, des « oh ! » admiratifs s'élèvent vers la grande fresque couronnée par le mont du Cantal.

« Des Américains ! s'enflamme Casternague, des Américains chez moi ! Mais dépêchez-vous donc ! Installez-les au fond, bien confortablement, et ce sera diabolo pour les dames et cerise à l'eau-de-vie pour ces messieurs. »

La guide française, qui a eu la bonne idée de s'arrêter au *Bousca*, affiche un sourire commerçant. Le patron lui secoue longuement la main, signe d'un pourboire royal. Claquement de doigts des jules, les filles, les habituées, regardent la grande tablée comme des poissons d'or dans un bocal. Une rousse, l'accent parisien bien marqué, avance déjà ses lèvres très rouges vers l'oreille d'un vieux monsieur presque sourd.

« Ah ! moi, j'adore l'Amérique, surtout les films de codboys.

– De code, quoi ? fait la guide à qui l'on demande de traduire.

– Ben oui, quoi, les codboys, avec les lassos, les chevaux...

– Ah ! les *cow-boys.* »

Illumination du visage américain. À son âge, il doit bien avoir encore des souvenirs de Far West. Il confirme en effet qu'il lui est arrivé de garder des vaches, et la guide explique que *cow-boy* se traduit par vacher.

« Si vous voulez voir des codboys, explique Julie dans un grand éclat de rire, vous n'avez qu'à venir faire un tour du côté de nos montagnes de l'Aubrac. Vous en verrez plein les burons. Et au moment de la transhumance, alors...

– Alors, c'est l'Amérique », plaisante la guide.

Casternague imagine son portrait en héros, une sorte de médaillon gravé sur le mont du Cantal. Ne goûte-t-il pas la récompense méritée de toute une longue carrière au service de l'autre, le roi, le client ? Il en a presque les larmes aux yeux d'entendre sonner le *s* de *Paris.* Tous battent des mains, s'extasient. Dès leur retour, ils conteront l'histoire de la tour Eiffel, du Moulin Rouge et du Bousca. Quand on pense que des gars de la métropole sont partis en Amérique... Et là, c'est l'Amérique qui accoste, multicolore, richissime. Ceux-là ne sont que les pionniers, messagers qui porteront le mot aux générations suivantes... Dansez, tournez au rythme de nos valses et de nos javas, de ces tangos à la parisienne, goûtez au pas cadencé de la polka et de la scottish, redressez fièrement votre torse, le temps d'une mazurka, retrouvez ici même ce qui vient de chez vous, le charleston et le fox-trot, le black-bottom et le shimmy…

« Passons la monnaie », s'écrie Julie, métamorphosée, dont les pas épousent les danses, toute chargée d'une pluie d'argent qui forme un rythme dans le rythme, ajoute à l'orchestre comme un son de cymbale. Elle est or, Julie, et toutes les femmes autour, au cou des touristes qu'elles dominent de leur sourire avide, de leur jeunesse ambitieuse, semblent pareillement couvertes de parures imaginaires, endiamantées par l'instant, la joie de la terre promise. Certaines glissent même dans des oreilles attentives leur rêve d'Amérique.

À l'écart, un homme, visage dissimulé dans l'ombre d'un chapeau, tire de son cigare d'étranges ronds de fumée en direction des ventilateurs. Une jeune blonde acquiesce en déchiffrant cette brume et invite deux Américains à la fois.

« Ah ! quand je vois Marie comme ça, ça me remonte le moral, fait Lucien d'une voix enjouée. Depuis la mort de Véronique, on peut dire qu'elle travaille pour deux.

– On n'a toujours pas élucidé le meurtre ? demande Riton-la-Barbouille, en sirotant son verre.

– Toujours pas. L'inspecteur m'a harcelé tous les jours. Il m'a fallu fouiller ma mémoire, refaire à l'envers l'histoire de cette fille que j'avais ramassée sur le trottoir. Si j'avais su que tout ça finirait dans le sang, je l'aurais laissée croupir où elle était…

– Et tu as une idée du coupable ?

– J'ai bien réfléchi et maintenant, je sais qui c'est. Une de tes connaissances. C'est même toi qui l'as emmené ici la première fois. C'était le printemps, je m'en souviens bien, vous étiez assis là-bas et lui, justement, il a fait tourner Véronique. Il sortait droit de sa cambrousse bretonne, avec son gilet plein de boutons et ses tifs qui lui touchaient les épaules.

– Yann ? Non mais tu plaisantes ? Il ferait pas de mal à une mouche. D'ailleurs, on doit se retrouver ici ce soir. »

Un poing s'écrase sur la table, Lucien se redresse brusquement, pointe un doigt accusateur vers la porte. L'accordéoniste joue la frayeur, le doigt bloqué sur une dernière note qui s'allonge indéfiniment. Les regards, hébétés, tissent un fil invisible entre le visage furieux de l'homme, et un jeune type, vêtu à la marlou, casquette de travers et foulard négligemment noué, qui reste cloué sur le seuil.

« Assassin ! » lance Lucien. Quelqu'un traduit pour les touristes, « *Murderer !* », et une Américaine crie sa peur des sauvages, de ces apaches version parisienne. D'autres, ravis, semblent prêts à assister à ce spectacle que l'on aurait dit improvisé pour eux, mais la guide affolée rassemble tout son groupe.

Yann se saisit d'un portemanteau.

« Lâchez ce couteau ou j'appelle la police ! » menace Casternague à l'attention du barbeau qui s'avance, dans un monde rouge où il n'y a plus ni police, ni ordre.

« Assassin ! lance-t-il encore – *murderer, he says*

murderer, renchérit une voix obstinée – je sais que c'est toi qui as tué Véronique ! »

Un mur arrête Yann. Désormais faire face au surin, une vérité finale à affronter. Il lance le portemanteau, ne fait ainsi que se mettre à nu.

« Mais enfin, vous êtes complètement fada ! Ce monsieur était au *Bousca* le soir du drame. Comment aurait-il pu tuer Véronique ? »

Les Américains enfuis, la voix claire et forte de Julie s'empare des lieux.

« Elle me l'a dit, répond absurdement Lucien.

– Allons bon ! Elle a donc ressuscité, rien que pour vous rapporter le nom de son assassin.

– Taisez-vous !

– Je vous le répète, vous allez faire une erreur !

– Ce demi-sel est monté avec elle, voilà ! Paraît même qu'il a jeté un œil sur un bouquin qu'elle gardait près de son lit. Et ce bouquin-là, justement, y s' terminait par un meurtre. Réfléchissez bien, je suis sûr que vous connaissez le coupable, qu'y m' disait l'inspecteur. Bien sûr… C'EST LUI ! ! ! »

Le surin s'agite devant le visage de Yann. Dernière caresse avant la fin. C'est l'histoire d'un petit Breton qui était monté à Paris… En haut, les musiciens ont un air qui leur vient aux lèvres…

La nuit fout l' camp, les étoiles s' débinent,
L' sang a giclé… Le bonhomme a payé…

« Je vous répète que ce soir-là, ce monsieur était ici, reprend Julie avec aplomb. Il était même sacrément cuit. À la fin, il est tombé par terre et je lui ai balancé une carafe d'eau dans la figure avant de le mettre dehors.

– C'est vrai», s'enhardit Yann en esquissant un dangereux pas en avant.

Le marlou recule, la main soudain effrayée par son propre surin.

«Allez, tout le monde peut se tromper, fait Riton-la-Barbouille en osant enfin s'approcher de Lucien. Viens, on va prendre un verre ailleurs pour oublier tout ça.»

VI

Un cahier jauni, une étendue de chiffres à l'infini, les comptes des jours anciens, et au-dessus, un visage illuminé par l'éclat du passé. *Il était une fois Bermet,* ça a démarré comme une histoire pour enfants, mais la suite, même les adultes n'en voudraient pas, cette moisissure des lieux, ces frôlements pareils à ceux des rats dans les coins sombres et un homme seul, derrière son comptoir, un verre à la main.

Oui, ils l'ont tous lâché, Bermet, n'en pouvant plus de l'entendre relater pour la énième fois le même drame, cette chute de la victime qu'il ne cesse maintenant d'entendre au-dessus de sa tête. Pas vraiment le genre de conversation que la clientèle vient chercher au bal.

Il va vendre, vous croyez ? Et combien il en demande ? Chuchotements autour de ses oreilles sourdes. Des acheteurs potentiels détaillent longuement la façade, les boutiques voisines, avant de s'aventurer à l'intérieur, le temps d'une courte visite. À la sortie, leur visage fermé semble dire que non ! ils ne veulent pas de cette grotte, de ce capharnaüm au plafond bas. Seule exception ! un homme blond, la quarantaine, que l'on vit à plusieurs reprises revenir sur les lieux.

Un bruit à l'entrée. Dans la lumière crue se découpe la silhouette sombre de Casternague. Étrangement souriant, chaleureux même, après avoir côtoyé pendant des années son concurrent avec indifférence.

« Eh bien, Bermet, j'ai entendu dire que tu allais vendre. Tu ne vas tout de même pas nous quitter ? »

La voix sonne faux.

« J'en ai assez, je veux rentrer au pays… On peut mieux vivre là-bas sur un petit hectare qu'ici, maître de tout un pâté de maisons, fait Bermet fièrement, redressant un peu ses épaules, qu'il voudrait faire croire solides.

– Tu sais, on a tous été éclaboussés par cette affaire. Mais les journalistes ont oublié de dire que ce n'est pas nous autres, les Auvergnats, qui faisons travailler les filles. On est en dehors de toutes ces histoires.

– Qu'est-ce que tu veux ?

– Tu le vends combien, ton bal ?

– Le plus cher possible.

– Deux millions. Je te propose deux millions pour le fonds.

– Toi aussi, tu prends mon bal pour un bouge, lance Bermet en éclatant de rire. Et le tien, tu le vendrais peut-être à ce prix, hein ? Non. J'ai un Alsacien qui m'en propose plus.

– Tu peux pas nous faire ça ! Ils voulaient nous mettre des brasseries dans tout Paris, les Alsaciens, mais nous autres, on est arrivés et, halte-là ! Cazes reprend la brasserie Lipp à Lippmann. Un par un, on les a bouffés, on les a grillés, ces gars-là. On ne va pas maintenant revenir en arrière.

– Je ne comprends pas de quoi tu parles. Je vends au plus offrant, c'est tout. »

Casternague commande un verre de vin que l'autre sert de mauvaise grâce avant de s'écarter pour essuyer des verres déjà secs, à défaut d'être propres.

« Si tu vends à un Alsacien, le gars, je te garantis qu'on va le faire couler, marmonne Casternague entre ses dents. Tous les marchands de vins de Bercy ou presque sont de chez nous. Ils lui fileront le plus mauvais pinard au prix fort. Paiement d'avance, dernier à être livré. Je te le dis, Bermet, le type, il tiendra pas trois mois. Ce serait vraiment une saloperie de ta part de lui vendre ton établissement. »

Le torchon claque sur le comptoir.

« Nénesse, mets ce type dehors ! »

Le costaud, qui tient toute l'embrasure de la porte, esquisse un pas.

« Quand ton patron aura vendu, fait Casternague en lui adressant un énorme sourire, tu n'auras qu'à venir chez moi. Je te donnerai un meilleur salaire. »

Le maître du *Bousca* regagne la sortie d'un pas nonchalant et tranquille. Mais la voix glacée de Bermet lance derrière lui :

« Hé, tu n'as pas payé ton verre. »

VII

«Je voudrais vous offrir ces fleurs.

– Mais pourquoi ?

– Eh bien, vous m'avez sauvé l'autre soir.»

Un bouquet de roses épanouies passe des mains de Yann à celles de Julie.

«De toute façon, je n'avais pas le choix. On ne veut pas d'histoires dans l'établissement.»

Depuis le fond de la salle, Milou s'avance d'un pas lourd.

«Je voudrais bien un autre verre… Oh ! mais dites donc, elles sont jolies, ces fleurs !

– C'est un cadeau pour un service rendu», répond sèchement Julie.

Un service qui se paie avec des fleurs et un sourire qui n'en finit pas… L'Auvergnat reste collé au comptoir, le visage fermé.

«Passons la monnaie !» Sur la piste, Péguri en costume danse avec une femme noire. Deux longues boucles pendent à ses oreilles. Ses joues luisent un peu, peut-être colorées par de l'ocre égyptienne.

«Elle vient des Antilles. Alors, je lui ai dit que j'allais lui faire un peu tâter des danses de Paris. Bon, le roi du dépliant, là, sers-nous donc une valse.»

La valse, elle connaît déjà, l'instituteur de Pointe-à-Pitre avait fait tourner toute sa classe, c'en était devenu un plaisir secret, entre enfants, ils reprenaient ça, des milliers et des milliers de tours. Ils se faisaient du mal avec la valse. C'était au dernier qui resterait debout. Péguri la mène d'un pas sûr mais un peu raide, par comparaison avec le sien.

Ensuite le tango, elle le frôle et l'esquive, le pousse au désespoir, avant de lui céder sa taille, au rythme de la java – une pancarte sur les murs à demi effacée rappelle qu'il y a peu encore cette danse était interdite au *Bousca*. Une vraie révolution comme plus tôt la valse et la polka, qui avaient fait blêmir les prêtres et autres gardiens de la moralité. La polka, précisément, plus saccadée, moins souple que la valse, vient clore la leçon – ou plutôt la commence –, la seule danse qu'elle ignorait vraiment.

Le bal s'enivre au pas de ces deux-là.

« Quel bonimenteur, ce Péguri ! » lance Casternague, narquois.

L'Italien ne cesse de chuchoter à l'oreille de sa cavalière en sueur qui s'essuie le visage avec un élégant mouchoir blanc avant de tremper à son tour ses lèvres dans le fameux diabolo-maison qui, à défaut de faire tourner la tête, redonne l'élan pour un nouveau tour de piste.

« Ah ! non, ce n'est pas du tout comme ça... Si vous permettez. Il n'y a que les Auvergnats pour enseigner cette danse-là », intervient Milou, au moment de la bourrée.

Un peu effrayée, Délia, par ses pieds qui martèlent le sol, ses cris d'Indien, puis le rythme s'amplifie.

L'homme tourne parfois autour d'elle, d'autres danseurs s'en mêlent, les partenaires s'échangent, plus de duo ici mais une effervescence où chacun y va de sa note paysanne.

« Le pitou », scandent quelques voix dans l'assistance : un, deux, trois baisers de clôture, volés au silence revenu, rituel un peu bâclé car Milou se précipite déjà au comptoir, en épongeant sa sueur. Yann et Julie sont en grande conversation. Le Breton a un regard fixe, étonné.

« Comment avez-vous pu mentir avec un tel aplomb l'autre fois ? Vous saviez bien, n'est-ce pas ? que ce n'est pas le soir de l'assassinat de la prostituée que je suis venu au *Bousca.*

– C'est bien possible. De toute façon, ça n'a pas d'importance. Vous n'êtes pas un assassin.

– Cela se voit sur ma figure ?

– Dans un métier comme le nôtre, on apprend à lire dans la vie des gens...

– Maintenant, grâce à moi, on saura danser la bourrée aux Antilles », s'interpose Milou, démarche chaloupée, comme gonflé par sa prestation.

« Passons la monnaie, passons la monnaie », scande invariablement Julie.

Délia s'entretient longuement avec le musicien qui acquiesce et troque l'accordéon pour la clarinette car oui, dit-il, il connaît la biguine, la biguine de Stellio, telle qu'on la joue au *Bal nègre* et au *Tagada Biguine.* Un souffle frais, joyeux, se lève dans la salle. Péguri se perd dans les déhanchements de Délia, court après le rythme. Les couplets sont européens, le refrain africain, et la danseuse hors du temps, hors des lieux.

Milou s'y risque à son tour, caricature comme il peut. Elle fait flotter son mouchoir blanc pour une nouvelle danse, virevolte autour de lui. Les têtes sont prises de vertige, et le mouchoir finit par essuyer, dans une application presque affectueuse, le visage luisant de l'Auvergnat.

« C'est pas un peu fini, non ? ces danses de sauvages ! »

Des habitués réclament leur valse. Leur regard brûlant pousse Délia hors de la piste. Plus de bal, mais seulement devant ses yeux l'image des békés dans les plantations de canne à sucre hurlant pour que cessent les chants qui rythment le travail.

De l'autre côté de la vitre, on voit déjà fuir la longue silhouette de l'Antillaise.

Péguri s'assoit à l'écart, s'éponge le visage, longtemps, jusqu'à l'inutile.

« Où c'est que tu l'as trouvée, celle-là ? » lui lance Casternague, goguenard. Et l'autre d'expliquer : Délia donne des leçons particulières à son fils, elle poursuit des études en France, il paraît qu'elle a obtenu une bourse…

« Ah ! si je n'étais pas veuf depuis moins d'un an… », conclut Péguri tandis que Milou au comptoir invite Julie pour la dernière bourrée de la soirée.

« Désolée, mais j'ai promis d'apprendre cette danse à monsieur pendant que vous étiez avec la fille des îles, dit la serveuse en désignant Yann. Et d'ajouter, un rien moqueuse : Comme ça, on saura aussi danser la bourrée en Bretagne. »

VIII

« Mal au dos, comment ça, mal au dos ? Espèce de bon à rien ! Allez, fiche-moi le camp d'ici ! Tu ne crois pas que je vais te payer à rien faire, non ? »

Jean toise furieusement son patron, sur sa chaise roulante. Pour le vieux aussi, ça a commencé de cette façon, un mal de dos, et puis, il a fini par se briser les reins.

« Eh bien, qu'est-ce que tu as à me regarder comme ça ?

– Vous ne m'avez pas payé, monsieur.

– Après ce que tu as fait, tu crois que tu mérites salaire ! En tout cas, je te retiens le sac de charbon sur ta paie. »

Jean serre machinalement un poing vengeur. Pourquoi ça lui arrive toujours à lui ? Des patrons du Cantal au bougnat, on l'accusait de tout, peut-être justement à cause de son air innocent... Et aussi de cette incorrigible lenteur dont personne ne voulait tenir compte, surtout pas ceux qui l'employaient. Cette fois-ci, il avait livré une dizaine de clients, couvert de poussière et de sueur. Parmi eux, une vieille dame qui lui avait demandé de l'aide pour descendre un matelas et une autre, si brûlante de fièvre qu'il lui avait bien fallu aller quérir un médecin. « Je cours, moi, je n'arrête pas de courir ! » On l'accusait parfois d'être rêveur, lui se voyait toujours au galop, du matin au soir, plus que quatre clients, trois… patatras ! ce sac qui tombe dans l'escalier, un nuage noir de fin du monde sur les marches fraîchement cirées, douleur atroce dans le dos, tandis qu'une voix d'ivrogne l'insulte en haut pour son retard. Un client qui habitait au sixième et ne laissait jamais de pourboire…

Il redescend, une main sur les reins – chiqué ! dit la concierge –, certes il exagérait un peu. Ou plutôt, sa vraie souffrance était ailleurs, dans le verdict du patron, connu par avance : la porte ouverte sur le vent, le froid, d'un coup n'être plus rien…

« Après tous les sacs que je lui ai portés ! »

La coiffe conique du bougnat regagne le chantier. Sa vie se résume à deux papiers, dans la poche intérieure de sa veste grise : une carte d'identité avec tout un lot de prénoms, des informations froides et précises. Et puis, cette lettre – Justine qui veut le rejoindre, l'informe dans le moindre détail des vieux qui s'enrhument et des enfants qui toussent, de la neige tombée.

Jean regagne la pension de famille où la patronne l'arrête dès l'entrée.

« Tu reviens bien tôt aujourd'hui ? »

Vérité inavouable : il a été viré.

« Dis donc, insiste la tenancière de l'hôtel, le regard en biais, la voix précipitée et chuchotante, deux hommes ont demandé après toi, ce matin. Le premier était inspecteur de police. Il paraît que tu es monté avec la prostituée assassinée et qu'elle ne t'aurait pas fait payer... Alors, évidemment, il s'imaginait que tu l'avais peut-être enrôlée, que tu tentais de la piquer à son barbeau... Je lui a dit que tu étais un garçon bien trop timide pour entrer dans ce genre de combines. Mais tout de même, il trouvait ça bizarre... »

Jean secoue maladivement la tête, tousse si longtemps que l'on pourrait croire que c'est exprès, pour retarder l'explication.

« Je vais partir », fait-il en grelottant. Il n'a visiblement rien à dire pour sa défense. Raconter que la prostituée s'est offerte à lui gratuitement, qu'elle l'a remboursé pour qu'il se fasse soigner ? On ne le croirait pas... on en rirait longtemps.

« Ce n'est peut-être pas une mauvaise idée. Je tiens à la réputation et à la tranquillité de mon établissement. Surtout qu'un autre type est venu plus tard. Je lui ai demandé son nom, ce qu'il voulait, il m'a écartée et hop ! d'un bond il était devant ta chambre. Milou l'a reconnu. C'est le hareng pour qui turbinait la pauvre fille qui s'est fait assassiner... »

La rue recueille ce jeune homme au teint sombre qui ne tient plus son pas. Sa valise même lui semble lourde à porter. Pour un peu, il la lâcherait aussi, comme le sac de charbon.

IX

Dans l'aube fraîche, *La Boule rouge*, *Le Bousca* se terrent derrière leur rideau métallique. Bruits de clé dans les serrures. Les jurons des ferrailleurs succèdent à la musique nocturne des bals.

Au n° 3, la boutique de Chaudoin, le marchand de comptoirs en étain, fait face à celle de son concurrent, Hetzel. Badoche et ses machines-outils, Fosse et ses salaisons. Bonnet, le crémier, salue Marie Dubos, la marchande de quatre-saisons qui s'en va au turbin, tandis qu'à côté le coiffeur du 19 fait jouer ses ciseaux sur une chevelure apache, nuque tondue et rouflaquettes sur les tempes.

Un regard nostalgique sur *Le Bousca*, et Milou passe le porche en face, entre dans une boutique de ferrailleur. Il porte la cotte bleue de l'ouvrier.

« Prêt à commencer ? » lui demande Mathieu, le patron, un homme gras que l'on découvre à peine dans la pénombre car, visiblement, il fait des économies de lumière. De bouts de chandelle.

Ranger l'arrière-boutique ou nettoyer la vitrine et préparer une nouvelle devanture ? Milou s'affaire d'abord sans un regard de l'autre côté. Toute une journée de printemps l'attend, avec le soleil qui monte et éclaire le trottoir d'en face. *Le Bousca* paraît prêt à s'éveiller, le lourd rideau va bientôt se lever, et alors, à un souffle, comme un mannequin derrière sa vitre...

« Je crois que c'est mieux payé que ton travail actuel », lui avait dit Julie.

Il s'est donc présenté, dans son costume impeccable des jours de bal. Auvergnat ? Oui. Ce fut de nouveau un argument de poids. Le ferrailleur avait aussitôt admiré en lui la force de travail, le sérieux supposé.

D'une extrême saleté, les vitres de la boutique font obstacle au regard et Milou, avec un zèle inattendu, passe et repasse le chiffon pour qu'elles luisent comme un miroir, tandis que le patron satisfait compte ses billets.

Pause à midi, un marchand de vins de la rue du Faubourg-Saint-Antoine accepte de lui faire chauffer sa gamelle pour deux sous. Il prend ensuite un café chez « Dupont tout est bon », avant de retourner vers la boutique.

En face, *Le Bousca* s'est ouvert à la rue. Milou en a le souffle coupé. Encore seul, Casternague passe son torchon sur des tables déjà propres. Il vérifie la marche des ventilateurs, l'alignement des bouteilles derrière l'immense comptoir en étain, ramasse un objet sur la petite estrade. Boîte à clous, manches de parapluie, tiges de fer, et même une vieille armoire – on trouve de tout chez un ferrailleur, y compris de la brocante – forment une sorte de barrage que Milou érige en devanture, entre le bal et lui. Au lieu du grand signe imaginé, il se cache plutôt, une tenaille dans le ventre, lorsque apparaît la silhouette bien connue, vêtue d'un tailleur violet et d'un petit manteau légèrement fourré qui surprend en ce printemps naissant… Le chapeau, élégant, est orné d'un ruban. Il se recroqueville un peu, l'air de vouloir disparaître tout entier.

La voici maintenant en blanc et noir, émergeant des coulisses, son plateau à la main. Inconsciemment, Milou esquisse un pas de danse avant de surprendre le regard froid de son patron qui semble dire : le travail ici et la fête en face. Là-bas, Julie sourit à un premier client, ici, il saisit un balai de genêts et s'enfonce au loin dans l'arrière-boutique pour chasser la poussière jusqu'à la rue. Le visage rond de Casternague paraît soudain s'étonner de cette devanture propre devant la sienne, une révolution qu'il pointe du doigt, à l'intention de sa serveuse. Les deux regards percent la vitre, ne parviennent pas jusqu'à l'employé, tapi dans la pénombre.

Comme les clients du bal, toujours plus nombreux, Milou semble attendre la danse. Le moment de retrouver Julie. Machinalement, le balai zigzague et tangue, en poussant vers la porte des moutons de poussière.

Cette fois-ci, il lui semble qu'elle l'a vu. Il lève une main dans sa direction, mais non ! il n'y a ni ferraille, ni ferrailleur, dans sa fête à elle.

Lorsque le balai atteint le seuil et que, rageur, Milou s'apprête à ouvrir la porte, il découvre une silhouette longiligne qui progresse sur la chaussée : l'autre, l'étranger, le Breton passe le porche de la maison d'en face, l'air d'entrer chez lui, et son sourire rencontre celui de Julie – deux visages de profil, excessivement proches. Milou rejette violemment la poussière dans la rue, indifférent aux grondements des passants. Un nuage gris s'élève devant *Le Bousca* où Yann, assis, attend d'être servi.

« Allez donc ranger l'arrière-boutique », lance le patron.

Retour à la ferraille. Milou fouille à pleines mains, jusqu'à s'écorcher, les caisses de ferraille, assemble des objets, prend plaisir à cogner les pièces les unes sur les autres.

Enfin, quoi ! ne lui a-t-elle pas promis, récemment encore, de l'accompagner au banquet de l'Amicale de Saint-Flour ?

Il aimerait s'échapper mais le regard inflexible du patron le renvoie toujours à cette ferraille, désespérément rouillée. Juste le temps, en relevant les yeux, de les voir tous les deux sortir à quatre heures – heure de la pause de Julie – et ils rient si bien ensemble, le pas en harmonie, l'air d'être à une fête qu'ils n'entendent partager avec personne.

X

« Ramona-a les cheminées ! »

Le ramoneur, le foutu ramoneur qui a vendu aux concurrents le secret du diabolo ! Casternague s'élance, nez furieux, moustache frémissante, main prête à gifler.

« Monsieur ?

– Non, rien... »

Le ramoneur a changé de tête. Derrière la petite charrette chargée de la corde et du hérisson métallique, un homme de plus de quarante ans pousse sa complainte comme un cri de douleur. Un appel au secours. Sa maigreur dit le manque de pain et de beurre.

« Où est donc passé votre prédécesseur ? Le petit jeune, là !

– Parti sans laisser d'adresse. Remarquez, tant mieux pour moi. Je cherchais du turbin. Pas facile à trouver dans ces temps de crise... Ramona-a les cheminées ! »

Volte-face, et Casternague passe du ramoneur à l'inspecteur, accoudé au comptoir.

« Alors, vous l'avez, votre coupable ?

– Hélas ! non. J'écume les dernières pistes...

– Il faut que je vous dise, ce petit ramoneur, vous savez, qui était là avant... Un sacré filou. Et il aurait justement fait cadeau de son pucelage à cette fille qui...

– Je sais, je sais, fait l'inspecteur, énervé, nous le recherchons... Dites donc, n'avez-vous pas remarqué qu'en face, chez le ferrailleur, il y a un type qui a toujours l'air de vous espionner ?

– Je ne crois pas que ce soit moi qui l'intéresse », répond Casternague, dans un grand éclat de rire.

*

Julie à peine arrivée, Milou fait son entrée au *Bousca*.

« Une bière, s'il vous plaît, c'est pour mon patron. »

Il est exagérément poli, le gars, et même souriant, d'un sourire qui réduit les yeux déjà très cernés à un mince trait sombre. Sous le menton, quelques poils ont été oubliés par le rasoir.

Julie fait claquer deux doigts souverains. Un serveur, heureux de l'intérêt qu'elle lui porte, se précipite.

« Hé, pas tant de mousse... on voit que vous n'êtes pas là depuis longtemps, vous ! Dis donc, Julie, tu n'as pas oublié ? C'est bientôt le banquet de l'Amicale de Saint-Flour ! »

Le visage de l'inaccessible brune se teinte de candeur.

« Oh ! je n'y pensais plus. Mais je ne pourrai pas y aller. Je suis un peu grippée en ce moment, fait-elle en pointant un mouchoir sur son nez.

– Quand c'est l'autre qui vient vous chercher, vous paraissez en pleine forme… Il est riche, votre Breton ?

– Voilà votre bière », fait-elle sèchement, en lui tendant le verre rempli par le serveur.

Il en demande une autre, pour lui, répète sa question, la crie lorsqu'elle se replie dans la cuisine, la retourne à l'envers. Ce Breton doit avoir quelque intérêt caché. Pourquoi ne cherche-t-il pas une fille parmi les siens, du côté de Montparnasse ? Milou, en ange gardien : Méfie-toi ! Elle, dans la cuisine : Laissez-moi tranquille ! Puis au comptoir : Je ne veux plus vous voir, ne m'adressez plus jamais la parole !

Milou emporte ses deux bières. Vide la sienne dans le caniveau. Comme d'habitude, le type va venir à quatre heures. La démarche chaloupée. En sifflotant peut-être. Il ne regardera qu'elle. Bientôt la rue les saluera.

« Vaudrait mieux être aveugle ! »

La gamelle de midi, alors qu'il est trois heures passées, laisse un arrière-goût aigre. Tout prend feu de l'intérieur.

« Je vous laisse la boutique pour une heure.

– D'accord ! »

Le patron va faire une course. La boutique est fermée, à vrai dire, par le visage dur de Milou qui fait fuir les clients, derrière la devanture. Un réparateur de porcelaine arpente la chaussée en soufflant dans sa trompette. Le cri d'un chiffonnier « Vieux chiffons, fripes… » Un fort des Halles, coiffé de son grand chapeau, se promène avec une femme nécessairement naine à ses côtés. Enfin, le clocher le plus proche sonne quatre coups. Au bout de la rue, l'autre ne sifflote pas, n'a pas les mains dans les poches, un peu en dehors de son rôle, comme s'il se doutait que l'homme face à lui, bras croisés… Ou plutôt non ! il ne fait attention à rien.

Milou faiblit sur ses jambes. C'est la première fois qu'il pense le mot « danse » pour un autre homme :

« Je vais lui mettre une danse ! »

La démarche chaloupée de celui qui va valser.

Surpris par un regard-ciseau, Yann émerge de son sourire, cet homme… déjà rencontré au *Bousca*… le saluer, peut-être… Sur le point d'être passé, le type aux bras croisés se rebiffe, rugit comme un fauve :

« Pauvre plouc ! »

Insulte atavique dont on arrose les Bretons, une morsure en plein cœur, qui met du sang là où précisément brûlait l'amour. Moustache, accent, Yann se tournant reconnaît un Auvergnat.

« Sale bougnat ! »

Milou l'empoigne, le jette sur le pavé, comme un sac de charbon ou un tas de ferraille. L'autre se relève, la nuque rouge à souhait. L'Auvergnat veut lui faire son portrait pour Julie, l'envoyer dans la nuit des gueules cassées, mais le Breton danse maintenant comme un boxeur, le ring, les cordes dans les yeux, à moins qu'il ne tangue en marin. Droites et crochets, tous les coups sont bloqués. Ils improvisent ensemble une curieuse chorégraphie, un spectacle à l'intention de Julie. Plus court mais râblé, Milou affiche quelques années de plus, des épaules gonflées par les souvenirs de la guerre de 1914. Où il faut prouver que l'on a été un Poilu, progresser tandis que l'autre se retranche, courir sur des coups que l'on évite, assommer finalement…

« Arrêtez, vous allez vous entre-tuer !

– Mais laissez faire, enfin ! Quand je pense que ça fait bien trois semaines qu'on n'avait pas vu de bagarres ! Cela nous manquait ! »

La rue crie, s'agite à distance respectable. Le Breton suce machinalement son sang, avance à son tour. Un gringalet façon « Tel qu'il est il me plaît » de Fréhel, et un costaud genre « Mon homme » de Mistinguett tentent en vain de s'interposer.

« Arrêtez », claironne encore Julie, mais la guerre est leur affaire virile.

Ils tombent au sol, « On en a assez vu », quelques hommes se passent le mot, trois pour saisir Milou au collet, le crémier et le coiffeur du 19 pour Yann.

« Viens, je vais te soigner. »

Le vainqueur était désigné d'avance. Julie prend la main de Yann, l'entraîne à l'intérieur du bal, plus loin, sans un regard vers l'autre. Dans l'arrière-boutique, un nouveau combat semble avoir lieu. Elle proteste, lance un « Attends, mais attends, il faut que je te mette un pansement », lui a des grognements sourds de bête ensanglantée. Les serveurs n'osent aller chercher des bouteilles dans cette pièce exiguë dont Casternague ferme prudemment la porte.

XI

Marie-Anne Adeline Briclet, épouse d'un architecte, décédée le 14 décembre 1870 dans sa trente-sixième année, Nicolas-Adolphe Guber, professeur à la faculté de médecine, Hervé Fruneau, sous-préfet de Toulon, tant de noms inscrits sur les tombes que Luigi lit à voix haute, abasourdi par ce silence humain, ces vies résumées à quelques lettres, derrière les hauts murs d'enceinte.

Face à cet alignement sans fin de pierres tombales, Délia fait pour le jeune garçon une sélection. Ce tombeau noir surélevé, petites fleurs et arabesques, est celui du peintre Delacroix. À droite et à gauche, deux autres sépultures dominent, se donnent de l'importance. Famille Chenavart, famille Talabot, qui êtes-vous ? L'enfant tourne un regard interrogateur vers le silence de Délia. Il semble que ces gens-là aient pris leur revanche dans la mort, ils y pèsent d'un poids de marbre qu'ils n'avaient probablement pas de leur vivant.

Balzac somnole sous son buste, œuvre de David d'Angers. En face, une mince colonne blanche, surmontée d'un vase de pierre, pour Gérard de Nerval.

« Savez-vous où se trouve Schœlcher, monsieur ? »

Interrompu dans sa ronde, le gardien semble faire en silence l'inventaire de ses collègues de travail, puis un éclair passe dans ses yeux, une femme noire, l'abolition de l'esclavage…

« Schœlcher, c'est cette allée là-bas. Il est enterré avec son père. »

Un médaillon représente l'homme, chauve, une petite barbe.

« Victor Schœlcher, 1804-1893, libérateur des esclaves. »

« Tu vois, se révolte Délia en prenant Luigi à témoin, même sur les tombes, ils racontent des histoires. Et en plus ils les gravent, par peur qu'on les efface. Schœlcher a bien lutté pour l'abolition de l'esclavage, il a même été député des Antilles mais, en fait, nous nous sommes libérés nous-mêmes. Mon père m'a tout dit, la révolte des esclaves, le volcan de la colère, le feu qui brûle les chaînes. »

Un autre mort a fait écrire sur sa tombe, à l'attention des vivants : « L'âge d'or n'est pas dans le passé. Il est dans l'avenir. » Et celui-là, en grand habit militaire, qui pose debout sur son propre tombeau, « Émile Chataignier, mort pour la France, en 1916 ».

« C'est le moment, dit Délia, de réciter ta leçon sur les grands événements de l'histoire de France, de 1850 à nos jours.

– Oh ! c'est très facile, fait Luigi. 1852, naissance du Second Empire, 1865, épidémie de choléra en Guadeloupe, 1870, la défaite de Sedan, l'Alsace et la Lorraine passent à la Prusse, 1871, la Commune, 1902, éruption de la montagne Pelée et destruction de Saint-Pierre, en Martinique, 1914, la Première

Guerre mondiale, 1923, la Guadeloupe et la Martinique sont dévastées par un cyclone suivi d'un raz de marée… Mais vous êtes sûre que tout ça, c'est de l'Histoire de France, mademoiselle ?

– Bien sûr, fait sèchement Délia. Tiens, regarde ! Molière, et là, à côté, c'est La Fontaine…

– On a toujours besoin d'un plus petit que soi… récite fièrement l'enfant. Et quand va-t-on aller sur la tombe de maman ?

– Ah ! mon Dieu, c'est vrai, s'affole Délia, ton père doit nous attendre. »

Obstacles de pierre, chapelles et obélisques sont dépassés au pas de course. Pas un regard pour Daudet, ni pour Sarah Bernhardt.

La mère de Luigi dort dans une allée anonyme. C'est la première fois que son fils se rend sur sa tombe. Son père avait voulu lui épargner l'enterrement.

Le père Péguri : une petite moustache furieuse, un corps maigre, nerveux. Il danse d'un pied sur l'autre, jure contre sa montre, multiplie les signes de croix en ressassant les mêmes prières.

« Cela fait une heure que je vous attends !

– C'est que, s'excuse Délia, j'ai donné ma leçon d'histoire. »

Luigi, devant la tombe, se retient de rire : à l'évidence, sa mère ne saurait être là. Du reste, quelle différence avec les pierres voisines ? Pourquoi ici et non ailleurs ? Un groupe d'enfants passe, venu d'une école voisine. Luigi aimerait se cacher avec eux derrière une chapelle, dans les petits chemins où les tombeaux manquent d'air, se cognent presque les uns aux autres.

Il mêle sa prière mécanique à celle de son père qui juge bon à la fin de lui masser l'épaule, d'un air consolateur. Mais non, décidément, l'enfant ne peut croire que sa mère repose en cet endroit. Délia caresse à son tour ses cheveux sombres, gagnés par une légère brise.

« Alors, lance Péguri d'un air enjoué, comme pour changer les idées de son fils, qu'as-tu appris avec Mlle Délia aujourd'hui ?

– L'Histoire de France, fait l'enfant, brusquement réjoui. Schœlcher, le soi-disant libérateur des esclaves, et puis, j'ai révisé, 1902, éruption de la montagne Pelée, 1923, cyclone et raz de marée sur la Guadeloupe et la Martinique…

– C'est ça que tu appelles l'Histoire de France ? » s'étonne Péguri, et l'enfant de triompher :

« Ah ! mademoiselle, je vous l'avais bien dit… »

Délia tourne contre le père une colère rouge. Delacroix, La Fontaine, et tous les autres en tremblent. Oui, bien sûr, c'est de l'Histoire de France, et même le plus tragique de cette histoire. Les pires drames depuis la Première Guerre mondiale ont heurté les Antilles. Quoi de plus atroce que ce souffle furieux de 1923 après, déjà, la terrible irruption de 1902, qui avait donné à la France son Pompéi. Le sang des Antilles, le sang des colonies ! Et Délia de se dresser au-dessus de la tombe de Schœlcher, en dictant son programme : il faut maintenant que la Guadeloupe et la Martinique soient reconnues pour ce qu'elles sont vraiment, effacer les siècles d'esclavage, construire ensemble, Blancs, Noirs et métis mêlés, un nouvel avenir.

XII

« Ah ! monsieur France, monsieur France, dit Bermet en fixant ce qui lui reste d'énergie dans un sourire difficile ouvert sur une mâchoire largement édentée, c'est une bonne affaire, vous savez ! Un homme comme vous pourrait en faire le plus grand bal de la rue de Lappe. »

Peintures défraîchies, plafond écaillé, Georges France a le regard parlant, le sens de la négociation.

« Aujourd'hui, les gens veulent une atmosphère. Fini, le temps des grandes salles vides et tristes... Mais au fait, cela fait bien six mois que votre bal est en vente, non ? Comment se fait-il que vous n'ayez pas encore trouvé un acquéreur ?

– Ah ! une sale histoire, monsieur France, une bien sale histoire. J'avais un bon client, un Alsacien, mais les Auvergnats sont allés le menacer. Ils lui ont dit que s'il venait s'installer là, ils le couleraient et, pour finir, avec leur marchand de fonds, ils lui ont trouvé une petite brasserie, du côté de la gare de l'Est, dans le fief des Alsaciens. Les saligauds ! J'avais même déjà fixé un rendez-vous pour signer...

– Mais dites, Bermet, vous n'êtes pas un peu auvergnat, vous aussi ?

– Moi, monsieur, je suis de la Haute-Loire ! Je n'ai rien à voir avec toutes ces canailles du Cantal, de Lozère ou d'Aveyron qui ont pris le métier. D'ailleurs, beaucoup ne sont pas d'authentiques Auvergnats. Ouvrez donc un dictionnaire et vous verrez que la Lozère est en Languedoc et l'Aveyron en Guyenne-et-Gascogne. Quand je pense qu'on confond toute cette clique avec nous autres, les vrais de vrais ! On les appelle "les Auvergnats de Paris". Ah ! ils sont beaux, les Auvergnats de Paris ! »

Georges France est en appétit. Ses yeux s'accoutument tranquillement au lieu, l'élargissent, s'emparent de l'appartement au-dessus pour rehausser le plafond. Un cigare vient jeter un peu de brume là-dessus. La silhouette herculéenne, le ventre rebondi annoncent la force du catcheur, un peu alourdie par le plaisir du gourmet.

« Je les connais, tous ces Auverpins ! reprend-il comme pour lui-même. Durs en affaires, mais sérieux et travailleurs ! Et fidèles à la parole donnée. Une fois qu'on s'est fait adopter… Oh ! et puis, de toute façon, s'ils me cherchent des poux, ils me trouveront. J'ai quelques amis rapides de la gâchette. »

Bermet tressaille. Lorsque Georges France avait planté son enseigne dans la rue, quelques années auparavant, « Le Bastoche, cabaret », lui avait hurlé avec les loups auvergnats, pas de ça ici ! ça va encore nous ramener des sales types, barbeaux et compagnie, batailles au surin, taches de sang sur les vitres. Il avait plaidé pour la bourrée et la danse à l'ancienne, craché son venin sur la java. On lui disait bal-voyou, il répondait bal de famille, Bermet. Il voulait qu'on vienne s'amuser rue de Lappe toutes générations confondues, avec les gendres et les brus, même les tout-petits auxquels on aurait appris à faire leurs premiers pas au rythme de la valse. Et voilà qu'en plein pays d'Auvergne arrivait un pur Parigot, Georges France, acoquiné avec ce que Paname a de plus voyant dans le genre ceinture rouge et surin, casquette de travers.

« Alors, vous m'en donnez combien ? »

L'autre prend le temps de fumer son cigare. De revivre les tracas à son arrivée, inscriptions anonymes sur les murs, irruption des flics en pleine nuit, cherchant un cadavre partout, suite à un appel, anonyme encore, et Bermet sur sa liste secrète, n'était-ce pas lui qui... France avait même payé quelqu'un pour l'espionner, une oreille, dont la seule fonction était de traîner dans son bal pour savoir ce qui s'y disait sur « Le Bastoche ».

À quelle sauce manger le malheureux Bermet ! L'acheteur potentiel se voit déjà maître des lieux. Il imagine des valseurs déshabillant leur portefeuille devant le pas d'une blonde. Les yeux s'allument, la main paie, lâche toute la fortune du monde. Il n'y a qu'à se pencher.

« Cette affaire ne m'intéresse pas vraiment... »

Bermet se crispe au comptoir. Après cette formule d'introduction, il le sait, l'autre va lancer son prix. Le plus bas possible. Comme à la loterie. Un nombre tombe, les yeux se ferment d'épouvante, plutôt mourir sous les décombres, laisser se faner les guirlandes...

«J'ai mis toute ma vie là-dedans», fait-il, moribond; une vie essoufflée, râlante, qui ne vaut décidément pas grand-chose aux yeux du catcheur, du gourmet, du Parigot. Il veut se faire un Auvergnat, voilà la vérité. Le chiffre monte à peine, Bermet surenchérit légèrement. Une main énorme se tend devant lui, qui le fait sursauter. Marché conclu.

XIII

Le chômage croît, la crise de 29 a envahi les années 1930, le Japon a été exclu de la Société des Nations, l'Allemagne n'y siège plus. Moins d'un demi-siècle après le scandale de Panama, une nouvelle escroquerie politico-financière : l'affaire Stavisky. Mais, comme le dit une chanson en vogue, « Tout va très bien, madame la Marquise ». La preuve ? On danse. On n'a jamais autant dansé.

Du haut de son mât de cocagne, Milou ne voit que femmes à chapeaux, hommes en canotier ou casquette, une foule compacte, serrée, élastique, qui semble élargir la place de la Bastille. On la croit déjà pleine mais sans cesse, des bords de Seine, du boulevard Beaumarchais, de la Roquette, de la rue de Charonne, du faubourg Saint-Antoine, de sous la terre même, par la bouche du métro, il en arrive toujours plus, par centaines, par milliers, qui se fraient un chemin, se mêlent à la danse.

La révolution fête ses 146 ans. On tourne et rêve sur des rythmes de partout là où autrefois les hommes allaient chaînes au pied. On joue aussi comme Milou qui, depuis son sommet, saisit dans un seau un bout de papier soigneusement plié : « Lot de trois saucissons d'Auvergne». Voilà pourquoi il est monté ainsi, les escaladeurs courageux ont tous droit à un cadeau, il suffit de plonger la main dans le seau.

De cette hauteur vertigineuse, la marée humaine semble purement abstraite, une succession infinie de têtes anonymes. Au coin de la rue de la Roquette, Milou identifie une estrade, des femmes toutes pareilles, trop lointaines pour être belles ou laides, et elle, unique, les cheveux presque collés aux tempes, à la Joséphine Baker, une jupe qui jette des feux de mille couleurs, un regard que l'on imagine débordant de passion.

Milou regagne la terre ferme, se fraie un chemin vers Délia qui danse le charleston. Péguri, son cavalier, semble plus intéressé par quatre jolies blondes – des Scandinaves peut-être – qui se tiennent un peu à l'écart.

De la sueur brille sur les joues de Délia. Les lèvres ont le rouge prononcé des tableaux les plus expressionnistes, un collier s'aventure sous le chemisier blanc. Le vide s'est fait autour d'elle, comme celui qui se crée naturellement entre un artiste et son public, que seul Milou ose franchir :

« Voulez-vous me réserver la prochaine danse ? »

Péguri s'écarte, elle consent d'un sourire de circonstance. *Martinic Biguine* les conduit aux Antilles, au son de la clarinette, du banjo et de la batterie. Tout près d'elle, il sent un peu de rhum dans son haleine.

« C'est mon premier 14 Juillet à Paris. »

Pour fêter l'événement, elle a, avec plusieurs amis,

déchiré quelques-unes de ces affreuses affiches « Y a bon Banania » qui tapissent la ville.

« Regardez ! poursuit-elle, en s'asseyant, essoufflée, à la terrasse d'un café. C'est *La Revue du monde noir.* Elle a été fondée par une Martiniquaise qui habite à Clamart, une femme formidable, Paulette Nardal. Je suis déjà allée chez elle. Cela fait un peu salon. J'y ai rencontré des Africains, des Antillais... Vous m'écoutez ?

– Bien sûr. »

Délia fait revivre pour lui une page d'histoire : l'Exposition coloniale, quatre ans plus tôt, où quelques Africains étaient présentés au public en habit d'apparat, comme des bêtes dans un zoo. Intarissable, elle évoque aussi sa vie aux Antilles, les colères de son père dans la très relative intimité de la case.

« Et vous, que fait votre famille ?

– Mes parents sont éleveurs, paysans... »

Que d'indications derrière ces quelques mots. Des mouvements répétitifs, des centaines de mois, presque identiques les uns aux autres, l'indicible lenteur de la nature, les rendez-vous qu'elle donne au coin des bois... Au printemps, une fête, puis une autre l'année suivante. Des pas s'épousent à la faveur d'une danse. Et toujours Milou valse dans les fêtes et les noces des autres. Le pin qu'il a planté enfant s'élève, ses laitues poussent dans le petit potager familial.

D'autres savent son âge, le lui rappellent parfois sur la place du marché. Certains, qui ne l'ont pas vu depuis longtemps, cherchent vaguement une bague à son doigt.

« Tu es pourtant un beau gars ! »

L'heure de l'exil sonne tardivement. Qu'aurait-il pu faire dans sa montagne, héritier d'un simple petit bois qui n'offrait pas d'espoir de survie ? Le train l'emporte vers Paris. Il en est comme ça qui ont pris leur revanche. Des cadets qui ont dépassé leur aîné, encerclé sa maison, la maison familiale, avec leurs propres bâtisses.

Mais les rêves forcés manquent un peu d'éclat. Sur cette place de la Bastille, Milou regarde sans envie les cafés auvergnats, dont les lumières tapageuses repoussent à peine la nuit.

« … Cela ne vous fait pas de la peine de voir ça…

– Quoi donc ? »

Délia désigne une femme autour de laquelle se pressent des mendiants. Certains sont squelettiques, d'autres démesurément gros, de vrais sacs d'air, tous tendent un malheureux sou et la marchande, mi-charitable, mi brutale, plante au hasard une louche dans son fait-tout, en retire un morceau de viande, un gésier, quelques légumes – là aussi, une véritable loterie.

« Aujourd'hui, les restaurants ont été généreux avec moi, j'ai du poulet, du gigot…

– Et du saucisson d'Auvergne », ajoute Milou en lui donnant le lot gagné un peu plus tôt.

Des regards reconnaissants se lèvent vers lui qui n'a d'yeux que pour Délia. Elle chante et rit dans la valse. Il l'enlace plus fort, pour elle-même, contre une autre, contre toutes ces peaux blanches autour d'eux, parfumées, envahissantes. « Passons la monnaie », Julie le traque jusqu'ici, comme dans un mauvais rêve, il la chasse en tournant. Vers minuit, après le feu d'artifice – promesses lumineuses et sonores dans le ciel –, il a encore le cœur d'une dernière java, *La plus bath des javas,* une histoire à dormir debout, à rire de la vie, à se foutre de tout.

XIV

On s'apostrophe, on s'attroupe, on s'attable. Les costumes impeccables des hommes, les robes des femmes tranchent avec les rires sans façon, les éclats de voix.

On ne parle pas français. Une conspiration ? Conspiration de riches, alors, les lustres abondent au plafond. Un tapis soyeux recouvre le sol, ne laissant au milieu qu'un grand rectangle nu de parquet ciré. Dans un même souffle ou presque, les hommes fouillent dans leur poche, déplient de grands couteaux élégants, parfois dotés d'un manche en corne. C'est que les assiettes de cochonnailles viennent de faire une entrée triomphale dans la salle et, par tradition, chacun a son arme en poche pour découper le jambon.

On s'apprête à faire des discours. Un homme, plutôt frêle, se saisit du micro. Sages applaudissements, une plaisanterie, et le bonhomme donne le ton de la réunion. On est ici au banquet de l'Amicale de Saint-Flour. Visages pâles et patois du cru exigés à l'entrée.

Une amicale pourrait passer pour une association désintéressée, mais l'orateur, secrétaire de son état, s'empresse de rappeler à tous le prix de la cotisation. Des visages se renfrognent. L'argent se gagne si difficilement, souffle un bougnat, sous le regard narquois d'un autre.

Dans le strict ordre hiérarchique, le petit secrétaire cède la place au président. Pas de signe ostentatoire. La cravate seulement, d'un rouge vif, annonce des ambitions. Maire ? Député ? Il paraît qu'il a l'intention de rentrer au Pays. Sa fortune à Paris est déjà faite. Combien de cafés ? Trois ? Quatre ? Pour finir, cerise sur le gâteau, il aimerait bien s'offrir un bal. Rue de Lappe, évidemment.

« Je crois que Bermet vend le sien, chuchote un connaisseur.

– Il l'a cédé à un Parigot.

– Non ! »

Le président clame sa fierté d'être né à Saint-Flour. Murmures d'approbation, tous revoient en même temps le mamelon et sa vieille cathédrale auvergnate.

« Savez-vous, reprend le président, que Louis Bonnet, le grand Louis Bonnet, celui à qui Paris a concédé une rue, dont quinze mille personnes ont suivi l'enterrement, l'ineffable créateur de *L'Auvergnat de Paris* et de la *Ligue Auvergnate,* était originaire de Saint-Flour du côté de son père ? Né lui-même à Aurillac, il lorgnait toujours vers chez nous, là où les pâturages sont les plus sains, les bêtes les plus belles. Il savait, Louis Bonnet, que Saint-Flour incarnait ce peuple profond, travailleur, courageux, souvent contraint à l'émigration : les anciens fouchtras, porteurs d'eau, livreurs de bain, gagne-petit, dont les Parisiens se moquaient autrefois, sans comprendre ce grand chambardement à venir qu'ils annonçaient dans la capitale.

« À nous voir ici rayonnants, il ne fait aucun doute que nos ancêtres se dresseraient avec fierté dans leurs tombes et que certains se diraient, encore en guenilles : tout ce que nous avons fait, ces efforts qui nous ont conduits prématurément au cimetière, n'ont décidément pas été vains. Et parmi eux, plus élégant sans doute, les mains seulement tachées d'encre, Louis Bonnet clamerait : "Le voilà ce parti auvergnat de Paris dont j'ai tant souhaité la création." »

Les lustres deviennent plus beaux, les tapis plus brillants. Des noms éclatent dans la salle, comme des ballons gonflés à souhait. Maîtres des cafés de la capitale, conseillers municipaux, négociants, marchands de fonds, tout un bataillon organisé se lève.

Des affaires se font à chaque table, ponctuées par le mot million, tandis que circule négligemment une grande boîte fendue pour la tombola. Plaisir des mâles, on annonce même l'élection d'une pastourelle et puis, tiens ! on ne peut tout de même pas rester assis comme ça. Entre les plats, l'accordéon et la cabrette viennent sonner l'heure de la danse. Des couples se forment. Une valseuse dit à son cavalier :

« Ne m'as-tu pas dit que ton ami Milou viendrait ce soir avec une jolie brune ?

– Oui, d'après mon frère Roger, facteur à Saint-Flour, il a rencontré ici une fille de Saint-Urcize. Il paraît qu'elle travaille au *Bousca.* Mais ils sont en retard. »

Sur la piste improvisée, la fête bat son plein. Les

plus illustres noms ne se distinguent plus des petits bougnats de quartier. Mais… que signifient ces cris ? Qui ose ainsi interrompre la musique ?

« Je vous répète que je suis de Saint-Flour et que cette femme est mon invitée. Vous n'avez pas le droit de nous refuser l'entrée ! »

Délia paraît à la porte. La tenue est de rigueur, longue robe colorée, souliers vernis, de magnifiques pendentifs qui semblent rivaliser avec les lustres. Mais un bras hostile lui barre le passage tandis qu'une voix lance dans la salle :

« C'est ça, son amie de Saint-Urcize ? »

Un éclat de rire fuse, puis deux, trois, cent peut-être.

Milou se fige dans son costume impeccable. La main de Délia dans la sienne s'est glacée, raidie.

Fuir. Tourner le dos aux rires.

XV

L'expédition en Bretagne. Le train s'immobilise devant des silhouettes locales, femmes en coiffe, hommes au gilet sombre orné de mille boutons.

« Ils sont là ! »

Julie suit le doigt de Yann. Une femme âgée sourit, un baiser pour lui et, pour elle, un simple « Bienvenue ».

« Bienvenue chez nous », renchérit le frère aîné de Yann.

Une carriole les emporte sur des routes incertaines, coiffées d'arbres, bordées de hauts bosquets qui dissimulent en partie des maisons blanches au toit de chaume, dont les rideaux s'agitent légèrement à leur passage. Oui, la récolte devrait être bonne, et c'est gentil d'être venu aider, surtout vous, madame.

Quel temps à Paris ? La vie n'est pas trop dure ? Il me semble... Inquiétude maternelle que Yann s'efforce de dissiper en claironnant son bonheur. Et quel plaisir aussi de retrouver, au détour du chemin, une fois passé la fontaine, une de ces belles maisons teintes à la chaux du pays vannetais, si commune et pourtant à nulle autre pareille.

Grande armoire finement décorée, lit clos, vaisselier, coffre, l'immense table bordée de bancs, une collection d'assiettes au-dessus de l'âtre et du grand-père qui fume sa pipe, tout cela immobile, figé depuis toujours, croirait-on, sans le crépitement du feu et le brusque sourire du vieux, rajeuni par le retour du petit-fils.

« Grand-père, je te présente Julie. »

Une conversation s'engage. Le vieil homme se détourne bien vite, songeur, vers son feu favori.

« Assez parlé ! au travail ! » s'exclame Yann.

Tout attend, sauf le blé à l'heure de la moisson. Il faut lui obéir, en route vers le champ, présentez, faucilles ! et chacun son sillon – le premier arrivé gagnera le ruban.

Pâtée pour le cochon, le matin soupe au lard pour les hommes, à midi la bouillie de blé noir dans la grande marmite. Julie observe et aide, sert l'ajonc pilé aux chevaux.

En ville, la mère de Yann passe les ordres aux marchands, s'attarde dans des conversations en breton ou en français, selon ses interlocuteurs. On est ici à la frontière du pays gallo et du pays bretonnant. Docile, Julie offre ses deux bras, porte les énormes miches de pain, eh oui, on ne les fait plus cuire dans le four du village maintenant. Des groupes de femmes jasent sur cette brune, yeux baissés, un peu intimidée. Il ne s'agit plus ici de faire la loi, comme au *Bousca,* mais de se plier aux règles locales.

Nourrir le feu d'ajoncs du matin au soir, aller quérir l'eau à la fontaine, prendre le battoir, la cuvette de linge et partir au lavoir. Elle est de retour à quatre heures pour les tartines de pain de seigle des hommes, reste debout avec les femmes, pendant qu'ils parlent entre eux, autour de la table. Le soir, à l'heure des contes, elle file le chanvre à la quenouille. Les gestes sont vifs et réguliers, comme rythmés par une musique intérieure. Des années de bal, ça vous marque. Dans le silence, Julie entend parfois des valses, le tintement des pièces de monnaie. C'est peut-être ce qui lui manque, la danse, mais qu'elle se rassure, cela ne saurait tarder. À la fin de la moisson, justement, une grande fête est prévue, et puis, on danse partout ici, simplement pour aplanir le sol d'une nouvelle maison, ou le carré de terre sur lequel le blé sera battu au fléau.

« Je ne pourrai pas rester jusqu'au bout », explique Julie.

Casternague ne lui a concédé qu'une petite semaine, sept jours, pas un de plus, et à la condition qu'elle consente à faire quelques heures supplémentaires au retour. Casternague, devenu le maître de sa vie.

Au matin, très pâle, elle émerge de son lit clos. Yann lui a offert la veille le ruban de sa victoire. C'est lui qui, le premier, a fini son sillon. Le fils n'a donc pas dépéri à Paris. Julie s'en trouve auréolée, bretonne par alliance, pour le bien qu'elle fait à un Breton. C'est beau, tout de même, cet empressement à le servir. Il semble bien qu'elle soit venue en travailleuse elle aussi, afin de donner son compte de jours au labeur des champs.

« Oh ! laissez, laissez... »

Elle s'entête devant la poêle. Elle a suffisamment observé la mère pour savoir comment procéder :

déposer la farine sur la plaque de fer et tourner avec une palette en bois, jusqu'à obtenir une rondeur parfaite ; puis retourner la crêpe sur la plaque suivante, et recommencer. Quelques ratés, pourtant, la pâte offre une résistance imprévue, et puis il n'est pas si facile de dessiner des cercles aussi gigantesques. De la taille d'une roue de bicyclette.

« Mais laissez, laissez... », non, non et non ! cette fois, ça y est, une première crêpe disparaît dans la bouche de Yann qui approuve en souriant.

« Eh bien, puisque vous ne pouvez pas rester jusqu'à la fête, l'oncle et la tante de Yann se proposent, pour votre dernier jour, de vous emmener voir la mer. »

Julie n'a jamais rêvé de la mer. N'aurait jamais imaginé, du reste, se rendre un jour sur cette terre de Bretagne. Au fond, le paysage des champs lui est plus familier et la proposition maternelle la met presque mal à l'aise. Mais ses réticences provoquent des regards méfiants et elle finit par céder.

« Eh bien, soit, allons-y ! »

Le plus beau cheval conduit ce matin-là la carriole et partout, dans les champs, les travailleurs à l'heure de la moisson s'étonnent de cet attelage incongru. L'oncle avec son gilet de fête, la tante vêtue d'une robe simple mais très propre, la mère impassible sous sa coiffe blanche et, à l'arrière, un jeune homme au chapeau de feutre et une femme à la robe d'ailleurs.

Le sommeil finit par gagner Julie. Tout son corps dort de n'avoir rien à faire. Peut-être rêve-t-elle de ce bugul-noz, héros de la précédente veillée, qui gardait le chemin de la mer. Mais un cri la fait sursauter.

« La voilà ! »

La belle, rugissante, déploie en bas ses douces vagues qui viennent jeter des robes blanches sur les rochers.

« Voulez-vous descendre un peu sur le sable ? lui propose l'oncle, l'air emprunté, comme s'il craignait qu'elle ne salisse ses chaussures.

– Volontiers », acquiesce Julie, et tous s'alignent bientôt sur la plage : la mère, mains devant, puis dans le dos. L'oncle, en maréchal, raide, au garde-à-vous. Les deux yeux ronds de la tante… Irrésistiblement, Julie s'avance, saisit un peu de cette immensité folle dans le creux de ses mains qu'elle referme brusquement, comme pour mieux la posséder.

XVI

« Les voyageurs pour Clermont-Ferrand... Saint-Flour, Saint-Chély-d'Apcher... Béziers, en voiture. »

Jean ne saisit que ces quelques noms essentiels parmi la longue liste de l'aboyeur. Essoufflé, il évite quelques personnes chargées de bagages, un lampiste prêt à accrocher une dernière lanterne, saute sur un marchepied puis, comme effrayé par un geste aussi décisif et par l'énorme machine prête à l'emporter, il demande encore à un employé de chemin de fer qui joue nerveusement de son sifflet :

« C'est bien le train pour Saint-Chély-d'Apcher ? »

L'homme acquiesce, se tourne déjà vers une autre question, fier de l'importance que lui confère son bel uniforme. La verrière de la gare de Lyon baigne dans la vapeur blanche du départ.

Une énorme quinte résonne dans le compartiment, à faire vibrer les vitres. Mais fièrement Jean se redresse. Un signe aux enfants d'un garde-barrière, puis le regard se pose sur des cabanons faits de bouts de rail. On jardine au bord des voies, dans la fumée des locomotives. La grande machine qui passe tient lieu de montre à ces hommes. 11 h 57, bientôt le repas. Le train s'enfuit au loin, donne maintenant l'heure à de petites villes, à de vrais paysans dans d'immenses champs. Jean progresse lentement vers l'avant du train. Un premier compartiment : complet, toute une famille surprise en pleine lumière avec le casse-croûte, les cris des enfants et la moustache auvergnate du père. Porte suivante, un homme et une femme, face à face, tournés vers le paysage.

Jean s'excuse, de quoi ? replonge ce couple dans l'ombre, comme coupable de ce qu'il vient de voir. Mais qu'a-t-il aperçu au juste ? Oui, c'est ça, un homme qu'il connaît et qui l'appelle dans le couloir :

« Jean ! »

Jean revient sur ses pas, serre la main de Milou, toujours aussi râpeuse. Puis il salue Délia, le visage des Antilles, avec un respect excessif et faux. C'est à peine s'il ose s'asseoir, se blottir dans un coin.

À chaque arrêt du train, la porte s'ouvre sur le trio, se referme avec excuses, indifférence, hésitation, timidité, se referme en tout cas.

« C'est vraiment incroyable ! » tonne Délia.

Même sur le quai, un enfant s'immobilise et rit, en la montrant du doigt à son père.

« Ne fais pas attention, ce sont des imbéciles », la rassure Milou, un regard vers Jean qui ne parvient pas à acquiescer.

Délia se tourne vers le paysage en mouvement. À cette vitesse, les êtres immobiles ne la distinguent pas. Elle se confond avec le train, petit jouet qui traverse un pays, des livres de géographie, la Loire, la Sologne, le Bourbonnais, Clermont-Ferrand. Emporté par le rêve, Jean se projette déjà plus au sud, chez lui, en Lozère, son bout de la France où un sourire l'arrête, lui interdit d'aller plus loin.

« Oui, explique-t-il à Milou, je vais prendre une ferme en location, me marier et... Ah ! cette foutue toux ! C'est à cause de l'air de Paris et du charbon. Cela m'a empoisonné... Et toi, tu retournes chez toi ?

– Je vais présenter Délia à ma famille. »

La porte s'ouvre brusquement.

« Contrôle des billets. »

Jean et Milou passent l'obstacle sans encombre mais elle... l'homme des chemins de fer semble persuadé qu'elle va à Béziers et que son billet n'est pas valable.

« Mais non ! je vous assure que je vais à Saint-Flour !

– C'est vrai. Elle est avec moi », confirme Milou.

Le contrôleur marque un arrêt, doutant visiblement, avant de refermer la porte pour se rendre dans le compartiment voisin.

« Pourquoi croyait-il que j'allais à Béziers ? »

Béziers, puis la Méditerranée, l'Afrique, Milou reconstruit dans son esprit tout le voyage abracadabrant sans doute imaginé par l'homme en uniforme.

« Vous rendez-vous compte que l'on me traite comme une criminelle ? » poursuit Délia en se tournant délibérément vers Jean afin d'en finir avec la gêne. Celui-là doit choisir son camp. Trouve-t-il juste qu'on la soupçonne sans raison de n'être pas en règle ?

Un temps de réflexion, comme un écolier qui n'est pas sûr de la réponse.

« Non… »

Il revoit sa propre fuite de la pension de famille, son nouveau travail de serveur dans un café de quartier, une fois perdue la place de commis-charbonnier chez le bougnat paralysé… Et puis, le barbeau qui passe devant l'établissement où il travaille, se change en ombre le soir pour mieux le guetter, et lui qui connaît heureusement une sortie derrière, suivie d'une autre, plus complète, une débandade. S'échapper de Paris, tenter de changer une histoire ratée en conte, un cauchemar en mariage. Nouvelle lecture : il avait besoin d'aller dans la capitale pour se rendre compte que précisément son destin n'était pas là.

« Dis donc, sais-tu qu'une prostituée a été assassinée rue de Lappe ? »

Jean secoue si violemment la tête que Milou en est surpris.

« Mais si, voyons ! on en a parlé un soir, à la pension. Et tu m'avais dit que…

– Quoi donc ? »

Il connaissait cette prostituée. S'était même vanté qu'elle ne l'avait pas fait payer.

Jean essaie de faire croire qu'il a oublié et à propos, a-t-on retrouvé le coupable ? Milou se détourne, deux personnages en lui, l'un qui enquête et l'autre qui s'en fiche, veut tout ignorer de ce qui pourrait déranger sa quiétude.

« Allons, ne prenez pas cet air-là ! lance Délia d'un air enjoué, en se tournant vers Jean. On va croire que c'est vous, le criminel. »

Un rire énorme comme celui d'une petite foule. Délia rit pour elle-même mais aussi pour tous ceux qui connaissent bien Jean et savent son innocence. Il l'avoue maintenant sans embarras : il n'a rien fait, rien de rien, et de respirer très fort, comme libéré enfin, mais la toux le reprend.

« Je crois que j'ai des pastilles. Vous en voulez ? »

Même les pastilles les plus fortes ont capitulé devant cette violente protestation qui secoue tout son être. Une tache-aveu sur son mouchoir.

En se redressant, Jean refuse le regard compatissant de Milou. Le croirait-on mourant ? Non ! il a une histoire à offrir : le retour au Pays, les retrouvailles avec Justine, n'est-ce pas là un remède infaillible ?

« Tu ne ferais pas de mal à une mouche », disait-elle, pire défaut qu'on puisse avoir à Paris. Nouvelle quinte. Délia lui tapote le dos.

Un regard sur sa montre. Plus que deux heures à souffrir, avant la gare de Saint-Chély. Du reste, Milou le confirme, c'est vrai que l'air du Pays en a sauvé plus d'un. Jean acquiesce fortement, trop peut-être, comme pour masquer l'autre voix, criarde : « Toi, aller à Paris pour porter le charbon ? Cela te tuera ! » On avait ri tant et tant de sa maigreur qu'il avait voulu prouver le contraire, se faire des muscles vengeurs, mais son corps, allez savoir pourquoi, a toujours refusé la force.

XVII

« Un décor parisien... il faut que ça parle de Paris... Un chef-d'œuvre, Riton, il me faut un chef-d'œuvre... »

Henri Mahé alias Riton-la-Barbouille relève le défi : métamorphoser l'ancien bal *Chez Bermet.* Georges France est le nouveau propriétaire des lieux, lui en sera le peintre. Les guirlandes misérables, la porte jaune des toilettes, l'estrade trop étroite ont déjà disparu dans son imagination. À la place, des fenêtres en trompe-l'œil, une lumière orangée, de petites boutiques ; contre le mur du fond, face aux musiciens, trois mots sobres, bien découpés, « vin, bois, charbon » et là-haut, sur le mur de droite, lavoir Saint-Eustache... Dansez, dansez au milieu de mon œuvre, aimez-la, faites-la vivre de vos propres couleurs.

Sur les banquettes rouges, on s'épiera en secret. Le rouge appellera l'audace. Plonger ses yeux vers une fenêtre pour s'évader, s'offrir ce qu'il faut de large avant de repartir à l'assaut d'une jolie brune. On va s'embrasser devant le lavoir Saint-Eustache. Les ombres des bagarres au surin se projetteront sur le café-bois-charbon.

« Tu le sais, Jo, dit Riton en se tournant vers le patron, je n'en suis pas à mon coup d'essai. Tu ne pouvais pas trouver mieux que moi pour décorer ton petit palais. »

La rue recueille l'artiste promu, la tête prise dans ses visions. Il est loin le temps de l'arrivée, gare Montparnasse. Restent l'enfance du premier regard, le vertige des couleurs, les impressions initiales. Il a découvert ici chaque jour autant de faces nouvelles qu'en dix ans de Finistère. Un monde qu'il fuit toujours, le soir venu, pour regagner sa péniche au bord de la Seine, dans le no man's land de l'eau.

Le voilà de retour chez lui. Juste le temps d'allumer une bougie et déjà maisons, boutiques, têtes de ferrailleur, de cheminot, d'ivrogne, d'ouvrier, de souteneur se pressent sur la feuille de papier. La main tremble un peu de ce miracle. Il ne se savait pas habité par une telle multitude !

Oui, c'est ça, il fera vivre tous ces personnages dans un décor réel, la place des Bons-Garçons, à Montmartre. Il se voit sur son échafaudage, couvrant de son pinceau le moindre coin de mur.

« Il me faudra garder en tête un air d'accordéon, un air d'Émile Vacher, pour représenter cette ville si particulière qui vient s'aimer dans les bals... »

Et puis, les femmes, bon sang ! cette impression exacte lors de l'arrivée à Montparnasse : autant de femmes ici que d'ajoncs sur les landes. Pardon, je vous en prie, mais non, après vous, tenez, l'entrée du bal est là, et au-dessus, l'entrée de ma chambre...

« Henri, tu viens te coucher ? »

Il souffle la bougie et, dans la brusque obscurité, échappe, comme à un mirage, à l'œuvre naissante. Saura-t-il seulement en retrouver le fil ?

XVIII

Un peu de maquillage, de l'ocre égyptienne sur les joues, suis-je belle ? Délia se souvient de sourires approbateurs, venus du fond de son enfance. Mais ici, loin de la Guadeloupe, on la dévisage souvent avec mépris.

Sur le quai, on s'écarte devant elle et Milou se tient à distance à cause d'un vieux trio – le père, la mère et le patois. Puis une main la désigne, les yeux maternels se fixent sans comprendre.

Fin des cours dans une école voisine. Du jamais vu à Saint-Flour ! cadeau vivant du Père Noël en plein été. « Bamboula », « Chocolat », « Blanche-Neige », la jeune femme prend un nom de poupée, des rires la poursuivent, se moquent de la robe et des cheveux bouclés. Un bûcher se consume dans les têtes enfantines. Des adultes se penchent aux fenêtres, d'autres gamins accourent. La mère devant presse le pas.

« Où avez-vous donc mis la charrette ? s'insurge Milou.

– Sur la place, un peu plus haut », bredouille le père, puis la mère, prise d'orgueil, se retourne soudain et cric bien fort, pour que les enfants entendent, pour que l'on sache dans les familles :

« On ne veut pas de ça chez nous ! Ramène-la à la gare. »

Milou baisse au contraire la voix, refuse visiblement de céder à cette injonction.

« Bamboula, Blanche-Neige, Chocolat », lancent encore les voix aiguës qui semblent occupées à créer un conte pour des veillées futures, tandis que Milou fait claquer avec force son fouet sur le flanc du cheval.

« Les Békés seront toujours les Békés. Les ennemis des nègres. »

Délia se rappelle cette phrase ancienne. Des fouets claquent… Le chemin monte vers un sommet où l'on entend aboyer un chien. Il faut les voir caresser l'animal, la mère d'abord, une fois la carriole arrêtée devant la maison de pierre.

Depuis la gare, Milou n'a cessé de parler patois et maintenant, il ne sait que lui dire. Il s'efface pour la laisser entrer dans cette ferme aux murs épais. On pourrait commettre là un meurtre sans qu'un passant, au bord du chemin, n'entende rien. De l'âtre s'échappent une chaleur insuffisante, une lumière trop faible.

La mère dispose deux écuelles sur la table, une pour le père, une pour Milou, s'assied elle-même au coin du feu avec une troisième assiette. Prendre le prochain train, déjà la porte s'ouvre sur la nuit.

« Tu ne peux pas partir comme ça ! »

Le chien aboie encore, le père hausse le ton, mais en direction de la mère – un ordre en patois. Sans rien dire, la vieille dépose une écuelle pleine de soupe, au coin de la cheminée. Délia tourne le dos.

« Allons, mange », fait doucement Milou, en déposant l'assiette sur la table, geste sacrilège dans ce lieu où, depuis le plus lointain passé, seuls les hommes ont le droit de manger attablés.

Elle s'assied. La soupe lui brûle le ventre. La mère monte vite à l'étage. Son pas proteste, se plaint sur les marches grinçantes. Le père ensuite, et puis la clé dans la serrure, un monde en haut se ferme dans le noir.

Délia n'a que faire des oreilles au-dessus de sa tête. Milou chuchote coupable, il aurait dû peut-être préparer sa famille, expliquer dans une lettre…

La grande pièce comporte deux lits, nichés chacun dans une alcôve. Milou s'agite, revoit ses premiers pas, gare de Lyon, son visage qui jurait avec la foule dans la glace du vitrier. Une impression d'être loin de sa vie, enchaîné à un destin étranger. Exode rural, deux mots bien froids pour exprimer un arrachement.

Dans son sommeil, Délia ne cesse de se retourner, en gémissant parfois, une grimace au bord des lèvres. D'abord, elle avait pris le bateau pour cette cause supérieure : l'éducation. S'élever au-dessus des siens, comme le voulait son père…

« Ici, nous n'avons besoin de rien, mais toi… »

C'est pour les siens qu'elle avait vogué vers Paris. Apprendre, toujours apprendre. Savoir d'où l'on vient et où l'on n'ira pas. Dans la capitale, à peine dix mille Antillais et mille Africains originaires d'Afrique Noire. Loin de la Guadeloupe, elle a, comme d'autres, pris conscience de son lien avec l'Afrique, auparavant si abstraite à ses yeux.

Milou la redécouvre au réveil, plongée dans

l'ombre. La montagne se dresse, brumeuse, au-delà de la fenêtre-meurtrière, mais la mère est la première femme debout, traits tirés, visiblement mal à l'aise devant son fils. Il l'accompagne, donne le grain aux poules.

« Pourvu que ces gestes ancestraux lui rendent le bon sens. »

Comme s'il devinait les pensées maternelles, Milou s'emporte. Une voix l'interrompt :

« Ne vous querellez pas pour moi. »

Délia semble prête à partir. Elle a revêtu son manteau et fermé sa valise. Il lui répète qu'il n'y a pas de train avant le soir. Elle ne peut tout de même pas errer une journée entière dans la ville.

« Je te l'ai dit. Nous partirons ensemble. »

Au bord de la fontaine, Milou remplit un nouveau seau, Délia fait de même. Est-ce un effet de la nuit ? Le père évoque le souvenir d'un de ces tirailleurs sénégalais si courageux qu'il avait vus à l'œuvre dans une guerre lointaine. Maintenant qu'il marche à grand-peine, appuyé sur une canne, plus question d'aller en Afrique. C'est donc l'Afrique qui vient à lui, avec le rayon de soleil caressant du matin.

« Que faut-il faire maintenant ? » lance sèchement Délia pour en finir avec les rêves des uns et des autres, et Milou l'entraîne dans sa ronde, nourrir les cochons, couper des bûches, en faire un tas. À l'attention de ses parents :

« Aujourd'hui, nous nous chargeons de tout. »

À l'heure tiède du train, ils marchent dans ce fameux petit bois dont il est l'héritier. En haut de la montagne. Pour elle, il fait des calculs à voix haute, tant de bois au mètre carré, vendu tel prix sur le marché, cela vaudrait tout de même... mais elle se moque de ses chiffres, s'allonge sur le sol, au pied d'un pin, l'invite à se coucher sur elle.

Le soir, la soupe de la mère semble bien plus parfumée. Les murs moins épais. Le feu brûle pour cinq. Le chien, même, semble se faire à la présence nouvelle, va quérir auprès d'elle pelures de saucisson et autres morceaux de gras.

À l'heure des contes, Délia s'installe gravement au coin du feu. Il était une fois les Antilles. La mère tricote des chaussettes, le père entend des bruits dehors, ouvre la porte sur le silence.

D'effroyables histoires de Békés envahissent les lieux. La mère verse une larme, cesse parfois son ouvrage, chose rare, presque une faute, à moins qu'il ne s'agisse là d'un de ces moments exceptionnels – soir de fête ou d'enterrement – où il est permis de céder un peu aux émotions.

« Je le savais bien qu'il y avait quelqu'un ! » hurle le père, en désignant brusquement de sa canne la porte d'entrée vers laquelle le chien se rue avec force aboiements.

Le frère aîné, l'héritier de la maison familiale, fait son apparition sur le seuil. Le regard hostile se fixe tour à tour sur l'Antillaise et sur Milou.

« Voilà donc ce que tu nous as ramené de Paris ! Tout Saint-Flour ne parle que de ça. Partout, on se moque de notre famille ! »

Délia s'enfuit de la ferme. Elle revit le cyclone de 1923, la chute des arbres, les vagues qui se soulèvent pour mieux s'enfoncer dans le gouffre qu'elles ont savamment inventé. Cases et meubles s'effondrent comme des bêtes affolées. Et cet homme, cette femme désemparés, ses parents, les yeux levés au ciel dans l'attente d'un miracle. Délia se souvient aussi de l'homme malade qui annonçait la fin du monde, les pensées perdues dans sa grande barbe blanche, aussi fou que l'océan. C'est bien à cette panique qu'il fallait résister, aux cognements du cœur. Enfin, comme une réponse aux prières secrètes, tout s'était brusquement apaisé.

Délia pleure un livre qu'elle a oublié, là-haut, dans la maison auvergnate. Heureusement, des étoiles la rassurent. Elle s'abandonne à leur lumière, comme à une chaleur lointaine.

Le train ne se présentera pas avant le lendemain, à cinq heures de l'après-midi. Après une nuit d'errance, une journée pesante, sous la menace de Saint-Flour. Jusqu'à l'employé des chemins de fer qui la surveille d'un regard inquiet sur son banc.

Au loin, dans sa mémoire, un bateau part. Son père. Sa mère. Et son amant de là-bas qui avait tenté de la retenir en lui contant un Paris menaçant où le danger pouvait surgir à chaque coin de rue.

Des ombres enfantines viennent tacher la fenêtre de la gare. Grincement de porte, on chuchote d'abord, les voix s'accordent finalement :

« Une négresse qui buvait du lait :
Ah ! se dit-elle, si je pouvais
Tremper ma figure dans un bol de lait
Je serais plus blanche que tous les Français. »

On hurle à tue-tête, Délia se dresse, lance une gifle au hasard sur la première tête venue, la plus insultante. Toute la troupe prend la fuite. Résignée, Délia se rassied sur le banc. Dans ses yeux de fillette, d'immenses silhouettes adultes se lèvent, l'accusent. Il avait raison, José, son amant de là-bas.

Ne sont-ils pas derrière la fenêtre de la gare ? La regardent-ils ? Combien sont-ils ? Des armes ? Elle va leur sauter à la gorge. Elle se battra au besoin contre la ville entière. Sa force, qui a déserté son corps frileux, apparaît décuplée dans son imagination. Tout ce dont elle serait incapable défile devant ses yeux : charrettes renversées, paysans qui roulent au sol, Saint-Flour en fuite…

Le sifflement lointain d'un train remet l'horloge en marche. La porte de la gare grince à nouveau, et Milou reprend vie, une valise à la main. Derrière, elle croit entendre les voix rauques des hommes, des dénonciations d'enfants.

Elle se jette sur la banquette d'un compartiment. Personne autour d'elle, si ce n'est quelques voyageurs tranquilles qui semblent ne pas l'avoir vue et Milou, son épaule robuste contre laquelle elle se blottit.

TROISIÈME PARTIE

I

Hors-d'œuvre
Tripes à la mode de Bretagne
Entrée
Filet de bœuf de Salers et d'Aubrac
Légumes
Haricots de Villefranche-de-Rouergue
Rôtis
Gigot du Larzac
Rôti de veau du Morbihan
Desserts
Fourme d'Ambert
Bleu d'Auvergne
Far breton
Café et pousse-café
Vin et cidre à volonté

Tel est le menu choisi pour satisfaire à la fois les Auvergnats de la famille de Julie et les Bretons du côté de Yann. Pour l'occasion, Casternague a prêté son bal. De belles nappes blanches recouvrent les petites tables de part et d'autre de la piste. D'instinct, les Bretons ont pris place à droite, les Auvergnats à gauche. À la table des mariés, Julie, ses parents, la sœur Irène, côtoient Yann, sa mère, son grand-père, le frère aîné et son épouse. Casternague, enfin. N'est-il pas le père parisien de Julie ? Celui qui lui assure sa subsistance ? Et n'est-ce pas chez lui que les deux mariés se sont rencontrés ? Un espace dangereux, le bal, où l'on règle des comptes. Mais à côté de ces histoires qui tournent mal, tant et tant de moments lumineux.

Casternague débouche le vin d'Auvergne, passe d'une tablée à l'autre. Alors, ça va ? On mange bien ? Si le petit est fatigué, nous avons une chambre pour lui, en haut. Comment ? Du sirop de grenadine, mais bien sûr, on peut tout trouver au *Bousca.*

Julie rapporte à une nièce sa rencontre avec Yann. Histoire arrangée où il n'est plus du tout question d'un jeune homme ivre s'écroulant dans les lieux, puis traqué par un barbeau qui l'accuse d'avoir assassiné sa protégée... Devant la famille provinciale satisfaite, se déploie une idylle sans tache, Julie qui tourne, « Passons la monnaie », la main douce d'un client. Il a l'air différent, elle lui accorde une danse, deux, trois, ils se revoient.

Des musiciens bretons sonnent biniou et bombarde et voilà qu'au milieu de la piste se dessine une ronde, quatre grands pas à gauche, quatre petits à droite, puis une longue farandole ondulante. Ici et là, des chaînes se croisent et s'entrecroisent, tandis que les musiciens prolongent à l'infini leur mélodie. Les enfants s'enhardissent en premier, leurs bras vont et viennent pour le laridé, dans un mouvement qui rappelle celui des vagues.

Ne pas être en reste, vive la cabrette et l'accordéon ! Le groupe auvergnat offre à son tour une marche. Les mariés donnent leur propre spectacle – valse, tango, fox-trot – en habitués du bal. Mais une ronde improvisée se dessine, les emporte avec elle. Un jeune homme au milieu du cercle, frère cadet de Yann, choisit d'embrasser Irène, la sœur de Julie.

« Goûtez-moi cette fourme, vous m'en donnerez des nouvelles », s'extasie Casternague, une fois les danseurs revenus à leur place. Allons ! encore un peu. »

Il gâte ainsi chaque tablée, fait sonner son heure de gloire, en perd même la volonté de vilipender ces congés payés, nouveauté de ce printemps 1936, contre lesquels il a pourtant usé beaucoup de salive. Seule ombre à sa soirée, cette musique qu'on entend s'élever dans la rue à chaque fois que bombarde et biniou, cabrette et accordéon se taisent dans son bal. C'est à deux portes de chez lui, des notes d'accordéon, *Marche de Ménilmontant,* tout un vacarme parisien, à vous faire tourner le vin en vinaigre dans la bouche. Jamais, au grand jamais Casternague ne connaîtra la fête totale. Pourquoi a-t-il fallu que ce Georges France – Jo, comme l'appelle sa clique – ait choisi le même saint sur le calendrier pour inaugurer pompeusement son *Balajo* ?

Montez les gars, montez le son, faites hurler l'accordéon, *Que venez-vous chercher, garçons de la montagne, que venez-vous chercher si voulez pas danser ?*

Casternague s'avance jusqu'à la rue. Bon sang ! y a aussi du monde à côté, une foule encostumée qui déborde sur la chaussée.

« Il paraît qu'ils ont même invité Mistinguett ! »

Une longue robe blanche, un voile, le visage rond de Julie surprend le patron dans ses réflexions.

« Elle n'est sûrement pas venue, dit-il sèchement. Et puis maintenant, ce n'est plus une jeune fille. Une fleur fanée, Mistinguett. »

Julie comprend le ressentiment de Casternague. C'est vrai, un concurrent puissant vient de s'installer dans la rue. Pour l'inauguration, il paraît qu'il avait même invité le président de la République qui, fort heureusement, avait mieux à faire.

« Le bal de la rue de Lappe, le vrai de vrai, ce sera toujours *Le Bousca* », poursuit Casternague.

Elle se lance avec lui dans une valse du Pays. Mais rien n'y fait. Le vin monte à la tête du maître des lieux. Qui a dit que les volcans d'Auvergne s'étaient éteints ? Il grimpe sur l'estrade, fait taire la musique. Chacun doit connaître son histoire, la grande histoire du *Bousca.*

« Il va encore nous seriner la rencontre de la cabrette et de l'accordéon », chuchote Julie, d'un air amusé.

« … Et même le mot musette, tonne fièrement le patron, il vient droit de chez nous. Musette, c'est le nom de notre cabrette en français, valse musette, bal musette, nous sommes à l'origine de tout ça. Sur les anciennes terres de ce brave M. de Lappe, nous avons réuni la ferraille et la fête, le travail et le plaisir. »

Lyrique, le patron. Son discours enflammé a chassé de lui toute colère. Mais lorsqu'il s'arrête pour reprendre son souffle, il entend de nouveau résonner la musique du bal voisin.

II

Le petit ramoneur n'est pas à la noce. Il a maintenant un nom. Gaultier. Trois prénoms : Fernand, Amédée, Louis. Signes particuliers ?

« Une grande cicatrice sur le coude, monsieur l'inspecteur. Un jour, je suis tombé dans une cheminée et...

– Ça va, ça va ! Une grande cicatrice sur le coude, ça me suffit. Alors, saligaud, raconte-moi comment ça s'est passé.

– Mais je vous répète que je n'ai rien fait, monsieur l'inspecteur.

– Te fatigue pas. On a les preuves. À ton âge, si tu avoues, tu échapperas peut-être à la Grande Veuve. Et puis, un petit séjour à Cayenne, ça te fera pas de mal. J'en connais à qui ça a remis les idées en place. »

Le ramoneur ne sait que répondre, baisse les yeux devant le regard féroce de l'inspecteur qui semble dire :

« Elle ne vaut pas bien cher, ta peau noire de ramoneur. »

« Mon pauvre enfant, tu as eu une existence bien dure, n'est-ce pas ?

– Je ne suis pas un enfant, monsieur, j'ai dix-neuf ans. »

Parfait, plus de « monsieur l'inspecteur », et puis ce dix-neuf ans, annoncé avec orgueil, pour se dire combattant, se donner des airs de soldat. Peut-être ira-t-il jusqu'à l'aveu. Il faut le vexer maintenant.

« Difficile de croire qu'un maigrichon comme toi ait pu faire une chose pareille. »

Le jeune homme ouvre des yeux immenses, revoit l'image de son père. Lui aussi le prenait pour un incapable. Jusqu'au jour où il a pris le train de Paris, sans prévenir personne.

« Au début, j'étais heureux d'être devenu ramoneur, comme mon père. Il comprenait sans doute que je faisais honneur à son nom. J'étais pas un lâche, moi, monsieur l'inspecteur. Mais le patron était un Savoyard qui avait mal tourné. Qui avait tourné Parigot. Mon père traitait bien ses apprentis, lui ! »

Tous pareils ! De parfaits petits innocents ! S'il fallait les écouter, les prisons seraient vides. L'inspecteur frappe du poing sur la table.

« On a des preuves. Un couple est venu porter plainte ici pour cambriolage. Comme pour le meurtre de la prostituée, le voleur s'est introduit par la cheminée, avec les instruments et l'adresse d'un ramoneur. Il a même laissé tomber un objet de sa poche, un mouchoir couvert de suie. »

Le jeune Savoyard secoue encore la tête. Il n'a jamais cambriolé, ni tué personne.

« Tu es têtu. Seulement, tu ne perds rien pour attendre. J'ai envoyé des policiers chercher le couple dévalisé… Les voilà justement qui reviennent. Alors, les gars… Hein ! Qu'est-ce que vous dites ? »

Le petit ramoneur attend qu'on le fixe sur son sort. Mais rien ne vient. Alors, prudemment, il se dirige à reculons vers la porte restée ouverte, avant de s'enfuir en courant.

« Tout de même, ce gamin était monté avec cette fille et…

– Et vous vous êtes fait un roman, monsieur l'inspecteur, commente un policier. Le couple qui l'accusait a pris la fuite. Ce sont des petits commerçants ruinés par la crise et on a retrouvé les objets soi-disant volés chez des membres de leur famille. Quant au môme, au moment du meurtre, il se trouvait à l'autre bout de Paris. »

L'inspecteur se lève furieusement, enfile son imperméable beige, et puis, tiens ! il se penche sur son tiroir d'où il extrait un livre. Un roman policier pour tenir jusqu'au matin.

« Là, au moins, on trouve toujours la solution. »

III

Danse, danse la nuit. Julie épouse le *Bousca*, ses couleurs et ses bruits, enfin maîtresse du bal ! Yann a bien du mal à suivre le rythme. Et Casternague s'est figé sur son seuil, dos tourné à la noce. Il se verrait bien jetant son gant, dans cette rue des combats d'apaches, Georges France et lui, dehors et face à face, une arme à la main, pour un duel sans merci.

On le cherche bientôt. Julie s'inquiète. Yann aussi a disparu et quelques autres encore qu'il a entraînés on ne sait où.

« Bah ! ils reviendront bien ! »

Dans le *Balajo*, les bruits de conversation couvrent parfois la musique. De temps à autre, s'élève la voix d'un chanteur ou d'une chanteuse que Casternague reconnaît, mais qu'importe ! il n'est pas question de se laisser impressionner.

« Parigot, tête de veau... Ah ! elle est belle ta France, Georges France. »

Ces slogans n'ont rien de bien convaincant. Sa haine est au-delà des mots.

« Je me rappelle, dit Yann, que lors d'un charivari en Bretagne, après que la plupart des villageois sont rentrés chez eux, quelques hommes étaient restés devant la maison d'un vieillard à qui l'on reprochait d'avoir épousé une servante bien trop jeune pour lui et, tous ensemble, déboutonnant leur pantalon…

– Très bonne idée », lance Casternague, en dégrafant d'un geste sec sa braguette.

« Je pisse sur le *Balajo.* »

Les autres hommes reprennent en chœur, « On pisse sur le *Balajo* ». Sur la façade immaculée de l'établissement le plus chic de la rue de Lappe.

« Pousse donc cette lourde porte, et va voir qui se trouve là-dedans », dit-on à un gamin qui s'est mêlé aux adultes.

Le voilà qui part en éclaireur, glane des noms. Les hommes dehors n'en finissent pas de rire.

« Quel beau mariage, tout de même ! Je pisse sur Georgius, je pisse sur Derval… »

Le gamin poursuit son énumération. Les noms les plus célèbres sont salués par des bordées d'injures.

« Je pisse sur cette Céline. Et je pisse sur Mistin… »

Georges France s'avance, un long cigare au bout des lèvres. Il tient un verre vide qu'il a oublié de poser. À moins qu'une nouvelle inattendue ne l'ait fait sortir précipitamment, sans réfléchir… Le patron du *Bousca* croise maintenant les bras – l'heure du duel attendu – mais il semble pourtant moins confiant qu'il ne l'avait imaginé.

« Ah ! bonjour, les amis, fait l'autre en ouvrant des bras capables d'attirer à eux toute la fortune du monde. C'est gentil d'être venus ce soir en voisins. Votre mariage s'est bien passé ?… Mais entrez donc, vous n'allez pas rester comme ça, dans le noir… »

Derrière, une armoire à glace, « le gros imbécile à tête d'ange », Nénesse, qui, après le départ de Bermet, avait fait monter les enchères entre le *Balajo* et le *Bousca,* pour se donner au plus offrant. Au-delà encore, les bruits de la fête sur le territoire ennemi. Le regard de Casternague s'introduit en espion.

« Il y a à boire à volonté », poursuit Georges France, enjoué, l'haleine légèrement avinée.

Casternague ne résiste pas à cette invitation.

« Et voici le marié », dit-il en désignant Yann, qui ne demande qu'à se cacher à l'intérieur du *Balajo.*

Pendant que tous entrent chez lui, Georges France fait discrètement signe à Nénesse de lancer de grands seaux d'eau sur les rigoles jaunes qui se croisent et se rejoignent, vers le milieu de la rue.

« Et une dans la boîte à rouille ! lance le patron pour souhaiter la bienvenue à ses visiteurs.

– Qu'est-ce qu'il a dit ? demande le gamin breton.

– Je ne sais pas. Tends ton verre, tu verras bien ce qu'on mettra dedans », répond le père.

Bientôt de petites bulles viennent pétiller dans les gosiers. Et encore. Et encore, et encore. Le patron du *Bousca* détaille les musiciens sur l'estrade. Le traître à l'accordéon s'appelle Roger Labbe. Avec lui, un trompettiste, un violoniste… Mais le traître des traîtres, dans ce décor, c'est celui qui l'a conçu, Riton-la-Barbouille, le foutu Riton, le buveur d'absinthe en secret, sa femme en fourrure à ses côtés.

En voilà un qui a eu vite fait de tourner casaque. Fier comme un coq, il fait mine de ne pas reconnaître Casternague. Oubliés, les ardoises, les serveurs chargés de ramener ce bon monsieur chez lui, parce qu'il n'aurait jamais retrouvé sa péniche. Peut-être même serait-il tombé dans la Seine.

Ingratitude ! Casternague jette un regard méprisant sur son œuvre : lavoir Saint-Eustache et café-bougnat...

Riton tourne autour de son ami Céline, évoque avec lui leurs fêtes communes sur sa péniche qui ont inspiré à l'écrivain l'une des scènes de son roman *Voyage au bout de la nuit.*

« Et que penses-tu de ma fresque ? » demande le peintre un peu inquiet, déjà insatisfait, rêvant d'une nouvelle œuvre, plus accomplie encore, une ultime réalisation peut-être où les véritables héros seraient ceux-là mêmes qui l'entourent.

« On dit que j'ai de belles gambettes, c'est vrai... »

Changement d'ambiance. Ça va ? demande Georges France, ça va très bien, sauf qu'on ne voit pas tout à fait les gambettes, à cause de la foule autour. Un sacré caractère, la Miss ! À soixante ans, elle vous donne dans la beauté éternelle. Cela fait à peine trois ans qu'elle l'a sortie de l'ombre, son histoire de gambettes, au moment où précisément le public commençait à douter, chuchotait que la reine des Années folles n'était plus tout à fait... Eh bien, qu'on se le dise, Mistinguett n'a pas d'état civil, pas de date de naissance. C'est une statue vivante.

« Ah ! te voilà. Je me demandais où tu étais passé. »

Surpris, Yann redécouvre le visage de son épouse, sous son beau voile blanc. Georges France accède à l'estrade, fait taire l'accordéon. C'est décidément un grand, un très grand soir. Son doigt est pointé vers les mariés et leur suite. Applaudissements de

Riton-la-Barbouille, Georgius, Derval, Céline, Marguerite Moréno, Mistinguett... Les deux époux sont invités sur le podium d'où ils dominent le prestigieux public, attirent tous les regards. Julie est portée en triomphe. Elle aussi semble là pour célébrer la naissance glorieuse du *Balajo* et même Casternague y va de ses « Hourra ! » tandis que la mariée demande à ses porteurs de la déposer devant Mistinguett. La femme aux trente-six amants, celle pour qui Maurice Chevalier s'est battu, l'épouse de Mayol, juste un soir, le temps d'un jeu, lui adresse dans un grand rire joyeux tous ses vœux de bonheur. Une bénédiction bien plus précieuse que celle du maire ou du curé.

IV

« Quel malheur ! Quel malheur ! Ces foutus Blancs, ils nous ont volé nos bras, ils nous ont volé notre travail, et maintenant, ils nous piquent nos femmes ! »

Des yeux d'enfants se risquent entre les planches disjointes de la case. À l'intérieur, la lumière tremblante d'une bougie, et José qui n'est plus José. Lui qui sait à peine lire et écrire tient une lettre dans ses mains fébriles.

« Mais comment tu peux m'écrire des choses pareilles ! Il t'a donc enlevée, ce salopard ! Oui, bien sûr, il t'a enlevée et il t'a obligée à écrire ça à ton ancien amant. Ah ! c'est comme quand ils nous volent sur nos paies, dans les champs, ils ne sont pas à une crapulerie près... »

Tandis que les enfants s'agitent et chuchotent, des vieillards fument des pipes. Certains se rappellent d'anciens drames, ici même, en Guadeloupe, filles tombées enceintes dans les champs de canne, enfants que l'on attendait noirs, et puis, étonnement, fureur de tous, au moment de la naissance...

Coupeurs et amarreuses, valets et cabrouettiers rentrent des champs.

« Je vais chercher Koffi, fait une lavandière en enlevant la cruche posée sur sa tête…

« Pourquoi donc ?

– José est devenu fou. »

Les enfants s'éparpillent en tous sens, comme une volée d'oiseaux.

« Moi, devenu fou ! »

En voilà un qui a passé trop de temps dans la case-à-rhum. Paraît même qu'il a dégobillé, attention ! il est peut-être dangereux. Il rentre dans sa case, revient avec une longue branche, comme celles qui servent à fouetter les polissons. Un grand coup sur le sol poussiéreux.

« Ça vous plaît, hein ! le malheur de José… »

L'ombre d'un nouvel arrivant se dessine derrière lui. Il a mis sa plus belle chemise. Tout en blanc. On dirait un vrai commandeur.

« Hé, José, regarde donc qui viens ! »

« Koffi, ta fille est une scélérate, fait José en se retournant.

– Prends garde à ce que tu dis !

– Jette un œil sur cette fichue lettre et tu verras si je n'ai pas raison d'être furieux !

– C'est moi qui lui ai dit de t'écrire », fait le père en hochant la tête, tout en caressant d'un air gêné son collier de barbe blanc.

La branche claque. Bien sûr, cela ne le choque pas, lui, que sa fille s'entiche d'un étranger ! Peut-être même qu'il l'a cherché, hein ? Sinon, pourquoi il l'aurait laissée partir là-bas, à Paris ? De toute façon, avec un père comme ça, qui fait toujours la cour aux Békés, elle ne pouvait pas tourner autrement.

L'histoire du vieil homme semble défiler dans le regard halluciné de José : un coupeur malhabile et plutôt lent se mue en cabrouettier, à force de courber la tête devant le patron, de sourire aux visages plus clairs que le sien, et pour obtenir quoi ? le droit de mener l'attelage chargé du travail des autres. Alors, forcément, un gars comme ça avait de l'ambition pour sa fille ! Enfin, de l'ambition...

« Tu l'auras, ton petit-fils café-au-lait et, avec un peu de chance, y aura peut-être même plus de lait que de café !

– Tu as fini ? »

La branche passe brusquement dans les mains du vieillard à la chemise blanche. Eh ! oui, c'est encore un homme vaillant, et pas de leçon, merci ! Après tout, il est toujours resté avec les siens. Alors, qu'est-ce qu'on lui reproche, hein ? D'avoir voulu une bonne éducation pour sa fille Délia ?

José détourne les yeux, toise un instant la sœur de Délia, comme une ombre derrière son père, si différente, si gauche, avec juste le front bombé qui rappelle son aînée. Mais pourquoi tous ces gens le regardent, comme s'il se donnait en spectacle ?

Tête basse, José regagne sa case et éteint la lumière. Seuls quelques enfants restent encore autour, dans l'attente d'une improbable suite.

V

« Mais qu'est-ce que c'est que ces musiciens ? Souriez, bon sang ! souriez ! Et bougez, bougez vos grandes carcasses ! Aujourd'hui, les gens veulent du rythme, du mouvement… Non, décidément, ça ne va pas ! Au suivant !… Ah ! vous êtes le cousin de Julie ? Oui, elle m'a dit que vous viendriez. Et elle, comment ça va ? J'ai appris qu'elle avait ouvert une boutique avec son mari, « Aux bons produits d'Auvergne et de Bretagne… » Elle est sûrement bien plus heureuse là où elle est maintenant qu'avec son vieux Casternague au *Bousca.* Les clients nous délaissent, il paraît que c'est mieux au *Balajo.* Y a de la musique moderne. Ils me font bien rire avec leur musique moderne… Bon, montrez-moi donc ce que vous savez faire ! »

Casternague monologue, sans que ses serveurs ne paraissent s'en émouvoir. Question d'habitude. Depuis quelque temps, le patron est devenu irascible et un nouveau musicien en fait les frais.

« Mais enfin, cessez de jouer ! Vous ne comprenez donc pas ? Ça suffit, je vous dis ! »

Le type s'en va, penaud, déçu, rageur.

« Je suis venu d'Aveyron exprès…

– Eh bien ! retournez-y ! »

Péguri s'avance à son tour avec un musicien ami, venu de Milan, et la fureur reprend, un ton plus haut.

« Comment ça va ? C'est toi qui me demandes comment ça va, toi qui as ruiné mon établissement, toi, le traître, qui as osé écrire, dans ta *Revue de l'Accordéon*, que le *Bousca* est à mettre au passé, qu'il s'est encore agrandi mais qu'il a perdu son âme ! L'âme du *Bousca*, c'est moi, tu entends, et, tant que je serai là, le *Bousca* restera la cathédrale du musette. Pas vrai, mon gars ? fait-il à un serveur qui s'empresse d'acquiescer. Allez, Péguri, fous le camp !

– Hé ! ne t'énerve pas, dit l'autre avec un grand sourire. Ce musicien-là, si tu l'embauches, ta boutique va redémarrer, je t'en donne ma parole. On t'offrira le plus bel article dans le prochain numéro de *La Revue de l'Accordéon*. Première page en couleurs.

– Je vais te les faire bouffer, tes articles, lance Casternague. Allez, du vent ! je veux pas de Ritals ici.

– Je te prie de faire attention ! lance Péguri en se redressant avec une fierté qui se veut exemplaire devant son compatriote fraîchement arrivé.

– Je t'ai dit de foutre le camp, Mussolini ! »

Le traiter de Mussolini, lui, Péguri, qui n'a jamais prononcé le mot *Duce,* qui fut l'un des premiers adhérents de la Concentration antifasciste ! Lui qui prend ses repas *Chez Ritti*, avec les plus républicains de ses compatriotes. Ceux qui donneraient leur vie s'il le fallait.

Casternague recule jusqu'à un tiroir d'où il avait extrait un jour un revolver.

« Il est chargé, prêt à l'emploi », avait-il dit d'un air entendu.

Pris de panique, Péguri s'enfuit avec son compatriote.

« Ah ! quand il s'agit de courir, ils sont tous comme des lièvres, ricane le patron derrière eux. Des lâches. On vit dans un monde de lâches. Au temps où les hommes étaient courageux, ils venaient au *Bousca* et ils dansaient et tournaient toute la nuit avec leurs compagnes. Ça chantait, ça riait !

Que venez-vous chercher
garçons de la montagne,
que venez-vous chercher…

Et allez, envoyez la monnaie !… Monsieur ? »

Un pas indécis se risque dans les lieux. Une canne donne le rythme.

– Pardonnez-moi, suis-je bien à l'établissement *Le Bousca* ?

– Qu'avez-vous vu marqué sur l'enseigne, à l'entrée ?

– *Le Bousca.*

– Et là, derrière moi, au-dessus de la rangée de bouteilles ?

– *Le Bousca.*

– Alors, vous y êtes.

– Merci bien. »

Le vieil homme gagne péniblement une table, dans l'établissement désert. Il a l'accent du Pays et l'air perdu de celui qui accomplit ses premiers pas en dehors des montagnes.

« Monsieur a demandé un canon, dit le serveur. Qu'est-ce que je lui donne ? »

Casternague désigne une bouteille de mauvais vin. Le vieil homme déguste lentement. Il penche la tête et tremble un peu, comme sous l'effet d'une fièvre qui, sans doute, ne le quitte jamais. Attend-il quelqu'un ? Ses yeux restent fixés sur la rue.

Un espion ? C'est peut-être un espion venu exprès du Pays pour... Le patron du *Bousca* s'est efforcé depuis quelques années de maintenir la distance avec ses origines. À cinq cents kilomètres de sa honte, des regards villageois moqueurs. Fini le temps de la Traction de Paris ou de la Hersschwiller flambant rouge qui s'annonçait de loin dans le paysage, avec la fumée derrière, comme un halo glorieux ! Et on aurait cherché en vain à l'arrivée des trains Bonnet au Pays sa silhouette familière, parmi les garçons de café, serveuses, bougnats et petits patrons.

Tout avait commencé par une absence, son nom effacé dans les journaux régionaux : Boubal, Cazes occupaient maintenant l'espace des grandes réussites, en lettres grasses. Croyant à un oubli, Casternague chercha d'abord querelle au journaliste : il faudrait publier un rectificatif dans le prochain numéro. Mais l'homme de presse consulta son rédacteur en chef qui appela le directeur de la publication et la semaine suivante, haletant, froissant en vain les pages, Casternague jeta finalement le journal au feu avant d'écrire une lettre à l'encre rouge où il annonçait, souligné de deux traits, qu'il résiliait son abonnement. Ne plus jamais lui parler des Auvergnats de Paris. Des Auvergnats tout court.

« Hé, monsieur, si vous vous endormez là, je vais vous faire payer le tarif hôtel, moi ! »

L'homme, qui commençait à s'assoupir, ouvre des yeux très las, comme revenus de tout.

« En plus, si vous attendez quelqu'un, cela peut durer longtemps. De retour au Pays, il faudra leur dire qu'on a voulu ruiner Casternague. La jalousie n'a pas de bornes. Ils se sont juré en secret de me faire éteindre mes lumières mais vous expliquerez bien que je n'ai pas dit mon dernier mot, hein ! Casternague va sortir du gouffre, Casternague va régler ses comptes, Casternague… Mais d'où venez-vous, au fait ?

– De Saint-Flour, monsieur. Je… je cherche mon fils. Je ne sais pas comment dire. Je perds un peu la mémoire, voyez-vous ? Alors, tant que j'en ai la force, j'ai voulu venir à Paris. *Le Bousca*, rue de Lappe… Quand il a prononcé ces mots, ses yeux brillaient. Il disait que c'était là qu'il avait rencontré son… cette femme.

– Comment il s'appelait, le fiston ?

– Émile… Enfin, Milou.

– Vous savez des Milou, ici, j'en ai vu un paquet. Des petits, des moyens, des gros…

– Mais la femme… »

Le vieillard fixe un regard affolé sur le chat noir du patron, amaigri.

« Eh bien, quoi ?

– Elle était… comme ce chat. »

Le visage de Casternague retrouve un peu de jeunesse.

« Je vois qui c'est, votre Milou. Mais ça fait belle

lurette qu'il n'a plus mis les pieds ici. Un traître, lui aussi ! Vous êtes donc son père ?

– Il me semble parfois qu'il m'a renié. On a pourtant tout fait pour le retrouver. On a même passé une annonce dans *L'Auvergnat de Paris*...

– Vous savez, votre fils, il est peut-être aux îles. Oui, c'est ça, ils ont dû filer prendre du bon temps là-bas. Je crois même qu'ils en ont parlé un jour.

– Tout ce qu'on veut, voyez-vous, c'est qu'il soit heureux. J'ai voulu venir à Paris pour le voir une dernière fois heureux.

– Mon pauvre ami, dit Casternague, en lui posant une main sur l'épaule, nos enfants s'en vont vers des horizons où nous n'avons pas notre place. Nous sommes leurs chaînes, avec nos habitudes, notre folklore, nos montagnes plein les yeux. Viendra un temps où, dans de grandes villes comme celle-là, on ne verra plus marcher que des orphelins... Ah ! nous ne savons plus goûter le plaisir de respirer chaque matin, de sentir autour de nous l'odeur des genêts... Qu'a-t-on besoin de ces ferrailles, de ces cafés ? Et même les bals, hein ! pour quoi faire ?... Moi, j'avais un oncle accordéoniste qui nous offrait de belles veillées d'hiver, mais le vrai bonheur, c'était quand même au milieu des grands travaux, fenaison, moisson. On était des milliers à flanc de montagne, hommes, femmes, enfants, vieillards, tous occupés à la même tâche et puis dansant le soir venu, dans les fêtes de village... »

Le vieillard secoue la tête. Le gaillard a-t-il donc tout oublié ? Les hivers rigoureux, la neige qui vous bloque, tous ceux qui meurent sans secours, la solitude, la misère des saisonniers ? La danse des jours de fête, voilà ce qu'ils ont retenu du Pays, ces gens de la rue de Lappe ! Le vieil homme agite machinalement sa canne, comme un bâton pour guider les vaches. Une envie également de désigner le ciel. Mais l'instrument se pose sur le sol.

« Moi aussi, conclut-il tristement, j'ai été un bon danseur. »

VI

Nénesse occupe toute l'entrée du *Balajo*. Jo, précisément, fait son apparition, non pas le patron, mais Jo Privat, l'accordéoniste. Il a à peine vingt ans, le gars, et déjà, il est le maître des lieux. Le *Balajo* est devenu aux yeux de tous le bal d'un musicien.

L'armoire à glace s'écarte pour le laisser passer.

« Quoi de neuf, ce soir ?

– Oh ! rien, juste ce gaillard, là-bas. Il a déjà passé tout l'après-midi ici. Il prétend qu'il cherche sa sœur. En plus, il dit qu'il est venu de Guadeloupe exprès pour ça. »

Jo Privat sourit.

« S'il veut une frangine, le gars, il en trouvera une, et pas forcément celle qu'il cherche. »

Au plafond, la boule de cristal jette de petits cercles lumineux sur le parquet des danseurs. Riton-la-Barbouille sirote un verre au comptoir. Son œil exercé a eu vite fait de repérer la présence insolite du Guadeloupéen, enfermé dans ses pensées.

« Vous voyez le décor ? dit-il au gars indifférent. C'est moi qui l'ai fait. »

L'autre reste silencieux.

« Mais mon chef-d'œuvre reste encore à venir.

Faire respirer la joie… Le bal, lieu de rassemblement… C'est que j'en ai vu des couples, et de toutes les couleurs ! Tenez ! une fois, au *Bousca…* Une Antillaise avec un Auvergnat. Y a que la danse pour vous faire de ces unions. »

José, le Guadeloupéen, ouvre des yeux énormes, presque menaçants.

« Votre Antillaise, par hasard, est-ce qu'elle ne s'appelait pas Délia ? »

Riton acquiesce, en reculant un peu. Délia si vous voulez, à vrai dire, il ne se souvient plus très bien mais quand un type est excité comme ça, mieux vaut lui donner raison.

« C'était ma fiancée. Dites-moi, dites-moi vite comment la retrouver… »

Nénesse pose une main étrangleuse sur le cou de José et, par ici la sortie, mais non, attendez, fait Riton beau joueur, ce type n'est pas méchant. Jo Privat entame une chanson d'amour triste, on dirait un air pour José, qui se radoucit un peu.

Champagne pour lui-même, pour Riton, pour le musicien sur l'estrade, pour une jolie blonde qui effleurait sa table. L'argent coule de la poche de l'Antillais. Que monte la musique !

« Réservez-moi le fox-trot ! »

Des hommes s'y prennent par avance. Les femmes tournent sous leurs yeux, encore entre les bras d'un autre. Des *psst* virils, des mouvements du menton à chaque arrêt de l'accordéon, l'entrain de la java, pareille à un doux enlèvement. Cette femme à l'alliance dorée, une baronne sans doute, noue ses mains autour du cou de Crapaud Fleuri.

Entre deux danses, la jolie blonde, une Anglaise peut-être, semble prendre racine sur la banquette, à côté de José. Sa tête se penche sur la lettre de Délia qu'il déplie devant elle, s'agite dans le sens négatif.

«*I don't understand.*»

Elle ne connaît pas assez bien le français, identifie juste quelques mots, danser, par exemple, *to dance,* rien de plus facile. Il lui parle encore de Délia, ah ! si elle l'avait vue elle aussi sur la piste, au moment de la biguine...

«*I don't... I don't understand.*»

Il s'entête : Délia devait l'épouser. Jusqu'à ce jour où il lui avait demandé, comme souvent, d'aller chercher de l'alcool à la case-à-rhum. Il se souvient encore de son visage, de ce «non» cinglant tombé de ses lèvres. En fait, elle avait tous les droits, lui tourner le dos, le mordre, le griffer.

«D'ailleurs, regardez ! »

Il montre à la blonde quelques cicatrices qui ont refusé de disparaître.

Jo Privat est à l'heure argentine, ils ne sont plus que deux à s'élancer sur la piste, chat et souris, lui, musicien, un instrument entre ses bras, elle qui avance et recule.

Mais l'inspecteur à la gabardine beige fait une entrée brutale au *Balajo*, accompagné de policiers armés.

Contrôle d'identité. Souteneurs, prostituées, touristes, danseurs d'un soir, tous se figent. Ces gens ignorent-ils que l'Allemagne a envahi la Pologne et qu'elle menace désormais nos frontières ? Comment osent-ils encore danser alors que la guerre vient d'être déclarée ?

L'inspecteur s'avance sur la piste de son pas raide et bruyant. Le crime a désormais sa solution : coupables ils le sont tous du seul fait d'être là, dans ce bal, en une heure si grave. Triomphant sur le parquet des danseurs, la boule de cristal arrêtée, il clame que c'est le dernier soir. Comme tous les autres bals de la rue, le *Balajo* devra tirer le rideau de fer, plonger dans la pénombre.

José est resté sur la piste, le bout des doigts collés à ceux de la blonde. Que fait donc cet Antillais dans la métropole ? Fuirait-il son devoir ?

« En tout cas, n'oubliez pas que vous êtes français, conclut le policier. Vous aussi, vous aurez à défendre votre patrie. »

La fête se tait brusquement. Jo Privat sur l'estrade a perdu de sa superbe. Comme beaucoup d'autres, il recevra bientôt son ordre d'affectation.

« Et toi, Henri Mahé, fait encore l'homme de l'ordre à l'attention du peintre des lieux, tu pourrais peut-être te porter volontaire. »

Satisfait, l'inspecteur tourne les talons dans un silence de mort.

« Allez, Jo ! lance Riton avant que les lumières s'éteignent, joue-nous encore un morceau ! Oui, c'est ça, cette chanson de Scotto, "*Si vous êtes boulangère, je veux être petit pain... Si vous étiez tour Eiffel, je serai le Trocadéro...*" »

Riton ferme les yeux. Enfin, il découvre en lui-même sa grande fresque, l'aboutissement de cette œuvre qu'il a si longtemps portée : au fond, deux types se battent au surin. Au premier plan, Julie, plateau à la main, « Passons la monnaie ». Autour on danse la java, la valse, le tango, la scottish, le black bottom, le fox-trot. Un bougnat soulève son béret, un Breton semble rêver, en tenue de voyage, un Guadeloupéen, vêtu de rouge pour l'occasion, offre un charleston à une Anglaise blonde en robe verte. Reste un coin d'ombre, au fond, juste la place d'y esquisser des traits inquiétants, le visage dur de l'inspecteur.

Et tous les danseurs convergent vers l'espace blanc au centre : une table flanquée de deux banquettes, et deux êtres qui éclairent soudain la scène, elle Antillaise, lui Auvergnat, robe et madras bleu contre un insolite costume orangé. Le grand Vincent aurait sûrement approuvé ce portrait de Délia et Milou chacun dans sa couleur – le bleu et l'orangé complémentaires. Les voilà même qui ouvrent la bouche à l'identique, comme s'ils chantaient ensemble :

« Dans la rue de Lappe,
Quand le soir s'enfuit,
Des couples s'avancent…
Ils vont au musette
Faire à petits pas
La valse des frappes…
Dans la rue de Lappe. »

CET OUVRAGE
A ÉTÉ ACHEVÉ D'IMPRIMER SUR ROTO-PAGE
PAR L'IMPRIMERIE FLOCH À MAYENNE
EN MAI 2002

Éditions du Rocher
28, rue Comte-Félix-Gastaldi
Monaco

Dépôt légal : mai 2002.
N° d'édition : CNE section commerce et industrie
Monaco : 19023.
N° d'impression : 54402.
Imprimé en France